황순원 청소년문학

소나기

황순원 청소년문학

1판 1쇄 펴냄 2012년 1월 11일
1판 5쇄 펴냄 2021년 8월 09일

지은이 황순원
그린이 이경하
펴낸이 정해운
편　집 김천미 | **교정교열** 유현희 | **관리** 김인수
디자인 Design Group All

펴 낸 곳 가교출판
출판등록 1993년 5월 20일(제201-6-172호)
주　　소 서울 성북구 성북로 9길 38, 401호
전　　화 02-762-0598~9, 080-746-7777(수신자 부담)
팩　　스 02-765-9132
E-MAIL gagiobook@hanmail.net
홈페이지 http://가교출판사.kr

© 황순원 2012

ISBN 978-89-7777-191-8 (43810)
값 12,000원

책과 마음을 잇겠습니다 | 가교출판

황순원 청소년문학

소나기

황순원 지음 · 이경하 그림

가교출판

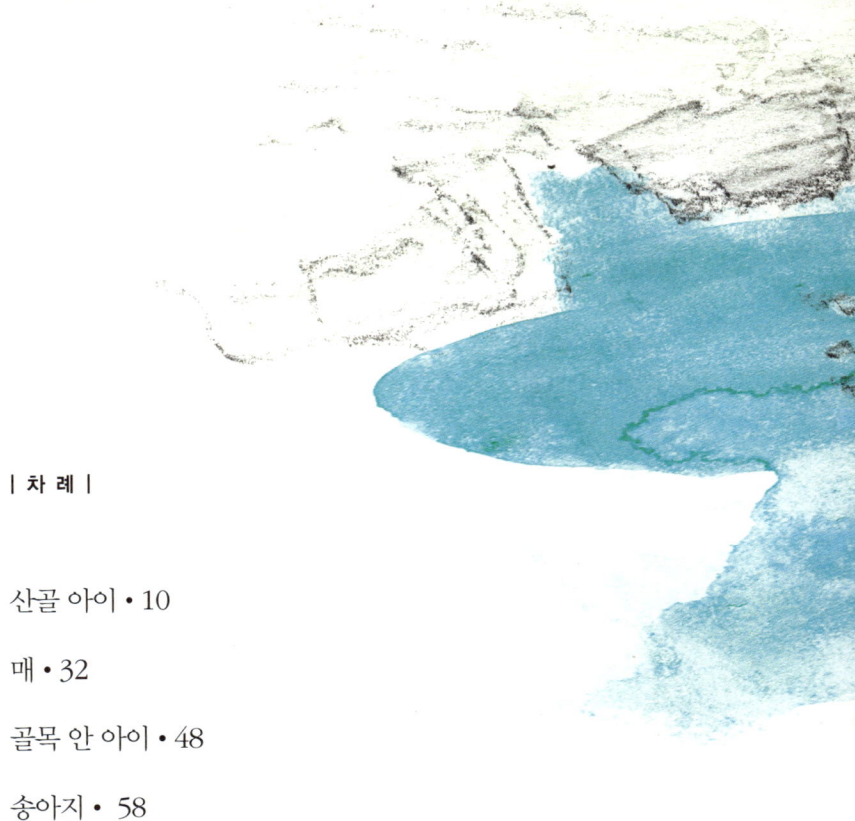

| 차 례 |

일러두기

1. 바탕글은 현행 한글맞춤법에 따르는 것을 원칙으로 하였으나 작품의 분위기를 살리기 위해 방언이나 입말, 의성어 의태어 등은 그대로 두었습니다. 특히 대화문에서는 저자의 원래 표기를 최대한 살렸습니다.
2. 외래어는 현행 외래어 표기법을 따르되 작품 분위기에 영향을 미친다고 판단되는 경우에는 가능한 한 그대로 두었습니다.
3. 단번에 이해하기 어려운 낱말이나 문장 같은 경우에는 각 작품 말미에 뜻풀이를 덧붙여 독자들의 이해를 도왔습니다.
4. 대화나 인용은 " ", 생각이나 강조는 ' '로 표시하였습니다. 책 제목은 『 』, 잡지는 《 》, 단편소설이나 시 등의 개별 작품은 「 」로 통일하였습니다.

소년은 그날부터 자리에 눕고 말았다.
소년의 부모는 여러 가지로 소년에게 어디가 아프냐고 물었다.
소년은 아무 데도 아픈 데는 없다고 고개를 저을 뿐이었다.
그러나 소년은 곧잘 무엇에 깜짝깜짝 놀라고
조그만 두 손바닥으로 얼굴을 가리고는 달달 떨곤 했다.

－「닭제」에서

산골 아이

도토리

곰이란 놈은, 가으내 도토리를 잔뜩 주워 먹고 나무에 올라가 떨어져 보아서 아프지 않아야 제 굴을 찾아 들어가 발바닥을 핥으며 한겨울을 난다고 하지만, 가난한 산골 사람들도 도토리 밥으로 연명을 해 가면서 일간* 가득히 볏짚을 흐트러뜨려 놓고는 새끼를 꼰다, 짚세기*를 삼는 다, 섬피*를 엮는다 하며 한겨울을 난다.

산골 사람들이 어쩌다 기껏 즐긴대야 정말 곰만이 다니는 산골길을 넘어서 주막을 찾아가는 일이다. 안주는 도토리묵이면 그만이다. 그러다 눈 같은 것이라도 만나면 거기서 며칠이고 묵는 수밖에 없다. 옷을 입은 채 뒹굴면서. 그러노라면 안주로 주머니 속에 넣고 온 마늘이 체온에 파랗게 움이 트기도 한다. 그러다가도 집으로 돌아오는 길은 아직 숫눈길* 이어서 곰의 발자국 같은 발자국을 내면서 돌아온다. 진정 이런 가난한 산골에서는 눈이 내린 날 밤 도토리를 실에다 꿰어 눈 속에 묻었다 먹는 게 애의 한 큰 군음식이었다. 그리고 실 꿰미에서 한 알 두 알 빼 먹으며 할머니한테서 듣고도 남은 옛이야기를 다시 되풀이 듣는 게 상재미*다.

"할만, 넷말 한 마디 하려마."

하고 조를라치면 할머니는 으레,

"애, 이젠 그만 자라. 너무 오래 앉아 있다가 포대기에 오줌 쌀라."

"싫어, 넷말 한 마디 해 주야디 뭐."

"넷말 너무 질레하믄 궁하단다*."

"싫어. 그 여우 넷말 한 마디 해 주야디 뭐."

그러면 할머니는 그 몇 번이고 한 옛이야기를 되풀이하는 게 싫지 않은 듯이 결고* 있는 실꾸리를 들여다보면서,

"왜 여우고개라구 있디 않니?"

하고 이야기를 꺼낸다.

그러면 또 애는 언제나같이,

"응, 있어."

하고 턱을 치켜들고 다가앉는다.

"거긴 말이야, 넷날부터 여우가 많아서 여우고개라구 한단다. 바루 이 여우고개 너믄 마을에 한 총각애가 살았구나. 이 총각애가 이 여우고개 너머 서당엘 다녔는데 아주 총명해서 글두 썩 잘하는 애구나. 그른데 하루는 이 총각애가 전터럼 여우고갤 넘는데, 데쪽에서 꽃 같은 색시가 하

나 나오드니 총각애의 귀를 잡구 입을 맞챴구나. 그러드니, 꽃 같은 색시가 제 입에 물었든 알록달록한 고운 구슬알을 총각애 입에다 넣어 주었닥 총각애 입에서 도루 제 입으로 옮게 물었닥 했구나. 총각애는 색시가 너무나 고운 데 그만 홀레서 색시가 하는 대루만 했구나. 이르케 구슬알 옮게 물리길 열두 번이나 하드니야 꽃 같은 색시가 아무 말 없이 아까 온 데루 가 버렸구나.

저녁때 서당에서 집으루 돌아올 때두 꽃 같은 색시는 아츰*터럼 나와 총각애 입을 맞추구 구슬알 옮게 물리길 열두 번 하드니야 아츰터럼 온 데루 가 버렸구나. 이르케 날마다 총각애가 서당에 가구 올 적마다 꽃 같은 색시가 나와 입 맞챴구나. 그른데 날이 갈수록 총각앤 몸이 축해* 가구, 글공부도 못 해만 갔구나. 그래 하루는 훈당*이 총각애 보구, 왜 요샌 글두 잘 못 외구 얼굴이 상해만 가느냐구 물었구나. 그랬드니 총각앤 그저, 요새 집에서 농사일루 분주해서 저낙*에 소 멕이구 꼴 베구 하느라구 그렇디, 몸만은 아무 데두 아픈 데가 없다구 그랬구나. 그래두 총각앤 나날이 더 얼굴이 못돼만 갔구나. 그래서 어느 날 훈당이 몰래 총각애의 뒤를 살금살금 쫓아가 봤구나…….”

여기서 할머니는 엉킨 실을 입으로 뜯고 손끝으로 고르느라고 이야기를 끊는다.

애는 이내,

“그래서? 응?”

하고 재촉이다.

"그래 숨어서 꽃 같은 색시가 총각애 입에다 입 맞추구 구슬알을 열두 번씩이나 물레 주는 걸 봤구나. 그래 다음 날 훈당은 총각앨 불러서 꽃 같은 색시가 구슬알을 물레 주거들랑 그저 꿀꺽 생케 버리라구 닐렀구나. 그리구 만일 구슬알을 생키디 않구 꽃 같은 색시가 하라는 대루만 하다간 이제 죽구 만다구 그랬구나. 이 말을 듣구 총각앤 훈당이 하라는 대루 하갔다구 했구나. 그른데 그날두 훈당이 몰래 뒤따라가 봤드니 총각앤 구슬알을 못 생켔구나."

여기서 이야기 듣던 애는 또,

"생켔으믄 동을걸*, 잉?"

한다.

"그럼. 그래 총각앤 자꾸만 말 못 하게 축해 갔구나. 그래 훈당이 보다 못해, 오늘 구슬알을 생키디 않으믄 정 죽구 만다구 했구나. 그리구 꽃 같은 색시가 구슬알을 물레 주거들랑 그저 눈을 딱 감구 생케 버리라구까지 닐러 주었구나. 그날두 총각애가 여우고개 마루턱에 니르니낀, 이건 또 나날이 고와만 가는 꽃 같은 색시가 언제나터럼 나오드니, 총각애의 귀를 잡구 입을 맞추구 구슬알을 물레 주었구나. 총각앤 정말 눈을 딱 감으믄서 구슬알을 생케 버렜구나. 그랬드니 지금껏 꽃같이 곱든 색시가 베란간 큰 여우루 벤해 개지구 그 자리에 죽어 넘어뎄구나. 총각애가 눈을 떠 보니낀 눈앞의 꽃 같은 색시는 간데없구 큰 여우 한 마리가 꼬리를

내벋티구 죽어 넘어데 있디 않갔니? 그만 너무 무서워서 그 자리에 까무
러티구 말았구나. 그날두 훈당이 몰래 뒤따라갔다가 총각앨 업구 왔구
나."

예서 애는 또 언제나처럼,

"그래 그 총각앤 어떻게 됐나?"

한다.

할머니는 정한* 말로,

"사흘만 더 있었으믄 죽구 말 걸 훈당 때문에 살았디. 그래 그 뒤부턴
훈당 말 잘 듣구 공부 잘해 개지구 과거 급데했대더라."

"그리구 여우새낀?"

"거야 가죽을 벳게서 돈 많이 받구 팔았디."

"지금두 여우가 고운 색시 되나?"

"다 넷말이라서 그렇단다."

여기서 애는 나무하러 가는 아버지를 따라가 내려다본 아슬아슬한 여
우고개의 가파른 낭떠러지를 눈앞에 떠올리며, 사실 그런 곳에서는 지금
도 여우한테 홀릴는지 모른다는 생각을 해 본다.

할머니가 그냥 실꾸리를 겷으며,

"이젠 자라, 애."

한다.

그제야 이 가난한 산골 애는 도토리 꿰미를 들고 이불 속 깊이 들어간

다. 곰새끼처럼. 거기서 애는 이불을 쓰고, 자기만은 그런 옛말을 다 알고 있으니까 어떤 꽃 같은 색시가 나와도 홀리지 않으리라는 생각을 하며, 도토리를 먹으며 하다가, 그만 잠이 든다.

그런데 꿈속에서 애는 꽃 같은 색시가 물려 주는 구슬을 삼키지 못한다. 살펴보니 아슬아슬한 여우고개 낭떠러지 위이다. 그러니까 꽃 같은 색시는 여우가 분명하다. 할머니가 그건 다 옛이야기가 돼서 그렇다고 했지만 이게 분명히 여우에 틀림없다. 그래 구슬알을 아무리 삼켜 버리려 해도 안 넘어간다. 이러다가는 여우한테 홀리겠다. 그러면서도 색시가 너무 고운 데 그만 홀려 하라는 대로만 하지 구슬을 못 삼킨다. 이러다가는 정말 큰일 나겠다. 어떻게 하면 좋은가. 옳지, 눈을 딱 감고 삼켜 보자. 눈을 딱 감는데 발밑이 무너져 낭떠러지 위에서 떨어지면서 깜짝 잠이 깬다. 입에 도토리알을 물고 있었다. 애는 무서운 꿈이나 뱉어 버리듯이 도토리알을 뱉어 버린다. 그러나 다음 날 아침이면 이 가난한 산골 애는 다시 도토리를 먹는다.

크는 아이

눈이 오련다. 꼭 오늘 밤 안으로 첫눈이 올 것만 같다. 이제 바람만 자면 곧 눈이 내리리라. 정말 함박눈이 펑펑 쏟아졌으면 좋겠다.

산골 아이는 화로에서 도토리를 새로 꺼내면서, 이제 눈이 내려 눈 속에 도토리를 묻었다 먹으면 덜 아리고 덜 떫으리라는 생각을 한다. 그러자 아이는 지난해 눈싸움을 하다가 증손이한테 면상을 맞고 운 부끄러움

이 생각난다. 아찔하여 얼굴을 돌린 것까지는 괜찮았으나 발아래 흰 눈을 붉게 물들이는 게 제 코피인 것을 알자 그만 으아 하고 울어 버린 게 안 됐다. 올해는 아무리 면상을 맞아 코피를 흘린대도 울지 않으리라. 아니, 올해는 이편에서 증손이를 맞혀 울려 주리라. 어서 눈이 왔으면 좋겠다.

그새 바람이 좀 잔 듯하다. 혹 그새 눈이 내리기 시작했는지도 모른다

고 아이는 문을 열어 본다. 그러자 잔 듯하던 바깥 어둠 속에서 기다리고
나 있었던 것처럼 된바람이 몰려든다.

　"문은 뭘 할라구 벌꺽하믄 여니?"
하고 어머니가 꾸짖듯 말하고 다림질감에 떨어진 재를 훅훅 불어 낸다.

　아이는 문을 닫으면서 혼잣말로,

　"아직 눈은 안 오눈."
한다.

　"개처럼 눈 오는 건 뭘."

　어머니의 말에, 다림질을 잡아 주던 귀가 어두운 할머니가 눈이라는
말만은 알아들은 듯,

　"눈 오니?"
하고 흐린 눈으로 문 쪽을 바라본다.

　"아니."
하고 아이는 할머니가 알아듣도록 크게 대답한다.

　"너이 아바진디는 왜 상게* 안 오니, 또 당*에서 술추렴*을 하는 게
디."
하는 할머니의 역정 섞인 걱정에, 아이는 참말 눈이 내리기 전에 아버지
가 돌아와야 할 걸 느낀다.

　참 아버지는 여태 왜 안 돌아오는지 모르겠다. 몇 죽* 안 되는 짚세기
를 여태 못 팔 리는 없다. 혹 장꾼에게 한 켤레 한 켤레 못 팔겠으면 그

큰 돼지를 그려 붙인 돼지표 집에다 좀 싸게라도 밀어 맡기고 오면 그만일 터인데. 할머니 말대로 장거리에서 누구를 만나 술추렴을 하느라고 늦어지는가 보다. 그렇지 않아도 겨울만 되면 허리가 결리는 아버지가 오늘 같은 날 늦어지면 어쩌나. 벌써 몇 해 전 겨울 일이다. 타작마당에서 여느 때처럼 조 한 섬을 쉽게 져 달구지에 올려놓다가 그만 발밑 얼음판에 미끄러져 조 섬에 깔린 일이 있은 후부터 겨울철만 접어들면 허리증이 도지곤 하는 아버지. 그리고 또 해마다 술이 늘어 가는 아버지. 좌우간 여느 때는 아무렇더라도 오늘같이 눈이 온다든지 할 날은 일찍 돌아와 줬으면 좋겠다.

밖은 아직 이따금 바람이 휘익 몰려와 수수깡 바자*를 울려 댄다.

"얘, 등잔 심지 좀 돋과라, 어둡다."

하고 할머니가 흐린 눈을 들어 등잔불을 바라본다.

아이는, 북어 알에선가 북어 이리에서 짜낸다는 애기름이 떨어져 못 먹는 뒤로 할머니의 눈은 더 어두워져서 그렇지, 등잔 심지가 낮아 그렇지 않다고 생각하면서도 등잔가로 가 심지를 조금 돋우는 체한다. 그래도 한결 밝아진다. 그리고 밝으니까 한결 아버지에 대한 걱정이 놓이는 것 같아 좋다.

"얘, 심질 좀 더 돋과라."

하고 할머니가 이번에는 다림질감만 들여다보며 말한다.

아이는 또 이번에는 심지를 한껏 돋운다.

"애, 웬 심질 그르케 돋구니?"

하고 어머니가 꾸짖는다.

아이는 등잔의 심지를 낮춘다.

"너이 아바진디는 정말 왜 상게 안 오는디 모르갔다."

하는 할머니 말에 이어서 어머니가 아이 쪽을 돌아보며,

"넌 또 웬 도토릴 그르케 먹니, 어서 자기나 해라."

한다.

가난한 산골 아이는 화로에서 도토리를 골라내며 검게 그을은 얼굴을 붉혀가지고 이불 속으로 들어간다. 그러나 아버지가 돌아오기까지 자지 않으리라. 그러는 아이는 왜 아직 아버지가 안 돌아오는지 모르겠다는 할머니도, 언제든지 할머니 앞에서는 아버지의 말을 하지 않는 어머니도, 자기처럼은 아버지 걱정을 않는 것 같아 못마땅하다.

별로 도토리 맛도 없다. 등잔불이 아까보다 더 어두운 것 같은 데에 또 마음이 쓰인다. 이렇게 등잔불이 어둡고, 또 이렇게 따스운 이불 속에서는 잠이 쉬 들 것 같아 안됐다.

아이는 어머니보다도 할머니에게 묻듯이,

"해 있어 당에서 떠났으믄 지금 어디쯤 왔을까?"

했으나 할머니는 못 들은 듯 잡은 다림질감만 들여다본다.

다시 더 큰 소리로 물을까 하는데 할머니가,

"산막골에나 왔을까?"

한다.

산막골이라면 아직 여기서 한 오 리 가까이 된다.

"너이 아바진디는 해 있어 댕기디 않구 원."

하고 할머니가 역시 역정 섞인 걱정을 한다.

산막골이라는 데가 예서 장까지 가는 사이 제일 험한 곳이다. 늘 범이 떠나지 않는다는 소나무와 잡목이 우거진 골짜기. 아이는 한동네 반수 할아버지의 일이 떠오른다.

반수 할아버지가 젊었을 때인데, 양주*가 산막골 근처에 밭김을 매러 갔었다. 단 양주에 갓난아기 하나뿐이라, 애는 밭둑에 재워 놓고 김을 매 나갔다. 낮이 가까웠을 때 애가 배가 고픈지 깨어 울어 댔다. 양주는 이제 매던 이랑이나 마저 매고 점심도 먹을 겸 애 젖도 먹이리라 하고 바삐 손을 놀렸다. 한데 갑자기 애 울음소리가 뚝 그치기에 돌아다보니 난데없는 큰 호랑이 한 마리가 자기네의 애를 물고 산막골로 올라가는 것이 아닌가. 이것을 본 반수 할아버지는 눈이 뒤집혀 쥐고 있던 호미 하나만을 들고 아내가 붙들 새도 없이 호랑이의 뒤를 쫓아 올라갔다.

반수 할아버지가 호랑이를 쫓아 굴을 찾아 들어갔을 때에는 마침 호랑이는 어린애를 앞발로 어르고 있었다. 그렇게 얼러 사람의 혼을 뽑고야 잡아먹는다는 말대로. 이것을 본 반수 할아버지는 다가들어 가면서 호랑이의 잔허리를 끌어안았다. 여기에 놀란 호랑이가 그만 으엉 소리와 함께 빠져 달아나면서 똥을 갈겼다. 이것이 혼똥인 것이다. 이 혼이 나 갈

24

긴 뜨거운 혼똥이 마침 엎어진 반수 할아버지 머리에 철썩 떨어졌다.

반수 할아버지 마누라의 말을 듣고 동네 사람들이 모두 쟁기를 하나씩 들고 고함을 치면서 굴까지 달려갔을 때에는 반수 할아버지가 애를 안고 굴에서 나오는 때였다. 애도 아무 일 없고 반수 할아버지도 아무 일 없었다. 그저 반수 할아버지의 머리만이 호랑이의 뜨거운 혼똥에 익어 껍질이 벗겨졌을 뿐이었다.

지금도 반수 할아버지는 머리에 완전히 머리털 한 오라기 없는 대머리로 동네에서 제일 나이가 으뜸 되도록 살아 있다. 그때의 애도 지금은 영감이 되어 손자를 둘이나 보았고.

아버지는 아직 안 돌아온다. 정말 산막골을 무사히 지나 줬으면 좋겠다. 아버지가 돌아오기까지 자지 않으리라.

어머니가 문을 열고 다리미를 밖으로 내대고 재를 까분다. 재가 날아나는 어둠 속에 재처럼 희끗희끗 날리는 것이 보였다. 눈이었다. 어느새 정말 첫눈이 내리는 것이다. 아이는 어서 아버지가 눈을 털며 들어서기만 해 줬으면 눈이 오니 얼마나 좋을까 한다.

아버지는 지금 눈을 맞으면서 돌아오리라. 끝없이 내리는 눈. 아이는 눈을 감으면 함박눈으로 쏟아지는 눈 때문에 아버지가 어디 있는지 분명치가 않다. 졸린다. 자서는 안 된다. 눈발 속에 분명치가 않은 아버지를 찾다가, 아버지가 눈발 속에 가려지고 말면서, 아이는 종내 잠이 들고 만다.

아이는 눈발 속이 아닌 우거진 소나무와 잡목 새에 아버지를 자꾸만 잃는다. 아버지 따라 장에 갔다 돌아오는 길이다. 아버지는 장에서 마신 술 때문에 비틀걸음이다. 명태 한 쾌*를 빈 자루에 넣어 멘 아버지의 등이 무던히도 굽었다. 허리증이 더한가 보다. 아이는 천천히 걷는 자기도 못 따라오는 아버지를 잃지 않으려고 자꾸 돌아본다.

　한번 돌아다보니까 아버지가 없다. 아무리 소나무와 잡목 새를 자세히 살펴봐도 없다. 그러는데 저기 산골짜기로 백호 한 마리가 자기 아버지를 물고 올라가는 것이 아닌가. 아이는 눈이 뒤집힌다. 그리고 백호의 뒤를 따라 올라간다. 반수 할아버지는 호미라도 쥐었지만 자기는 맨손으로. 그렇지만 내 저놈의 호랑이를 잡아 메치고 아버지를 빼앗고야 말리라.

　산막골에 우거졌던 소나무와 잡목이 어느새 그만 눈발이 돼 버린다. 그리고 백호란 놈이 앞서 눈발 속에 보이지 않는다. 그러면 발자국을 찾아가리라. 작년 겨울 동네 돼지 새끼 물어 갔을 때 내고 간 발자국을 보아 아이는 호랑이 발자국을 잘 안다. 한데 난데없는 눈덩이가 날아와 면상을 맞힌다. 증손이다. 붉은 코피가 이번에도 흰 눈에 떨어진다. 눈물이 난다. 그러나 울어서는 못 쓴다.

　그냥 호랑이의 발자국을 찾아 올라가니까, 굴이다. 굴속에서는 정말 호랑이가 앞발로 아버지를 어르고 있다. 아이는 전에 반수 할아버지가 한 듯이 다가들어 가면서 백호의 잔허리를 끌어안는다. 그랬더니, 이놈의 백호가 또 혼이 나 혼뜽을 갈긴다. 꼭 머리에 떨어진다. 뜨겁다. 아무

려면 내가 널 놔줄 줄 아니? 네 허리 동강이를 끊어 버리고야 말겠다. 그냥 호랑이의 허리를 죄어 안는다. 백호는 죽겠다고, 으르렁으엉 으르렁으엉 운다. 속히 동네 사람들이 올라와 백호 잡은 걸 봐 줬으면 좋겠다.

백호는 그냥 운다. 한 번 더 안은 팔을 죄니까 백호의 허리가 뚝 끊어진다. 깜짝 깬다.

막 깜깜이다. 어느새 돌아와 누웠는지 아이의 옆에는 아버지가 잠들어, 그르렁후우 그르렁후우 코를 골고 있다.

아, 마음이 놓인다. 이젠 아주 자야지. 그러는데 불현듯 무섬증이 난다. 아버지의 코 고는 소리가 꿈속의 호랑이 울음처럼 무섭다. 아버지의 코 고는 소리 새새, 바깥 수수깡 바자의 눈이 부스러져 떨어지는 소리가 다 무섭다. 이불을 땀에 젖은 머리 위까지 쓴다. 요에서 굴러 떨어지는 도토리까지 무섭다. 이제는 어서 잠이 들었으면 좋겠다.

* 일간 : 일하는 곳.
* 짚세기 : 짚신.
* 섬피 : 짚으로 만드는 그릇으로, 곡식을 담는 데 쓴다.
* 숫눈길 : 아무도 밟지 않은 눈길.
* 상재미 : 최고의 재미.
* 넷말 너무 질례하믄 궁하단다 : 옛이야기를 너무 즐기면 가난하게 산단다.
* 겯다 : 실꾸리를 만들기 위해서 실을 어긋나게 감다.
* 아츰 : 아침.
* 축하다 : 생기를 점점 잃어가다.

＊ 훈당 : 훈장.

＊ 저낙 : 저녁.

＊ 생켔으믄 둏을걸 : 삼켰으면 좋을걸.

＊ 정한 : 조용한.

＊ 상게 : 아직.

＊ 당 : 장, 시장.

＊ 술추렴 : 여러 사람이 술값을 조금씩 나눠 내어 술을 사 마시는 것.

＊ 죽 : 옷, 그릇 따위의 열 벌을 묶어 세는 단위.

＊ 바자 : 대나무나 싸리, 수수 따위로 엮어 만든 울타리.

＊ 양주 : 바깥주인과 안주인이라는 뜻으로, '부부'를 이르는 말.

＊ 쾌 : 북어 스무 마리를 묶어 세는 단위.

매

마침 어머니는 뒤울안*에서 빨래를 하고 있다.

아이는 책가방을 마루에다 내려놓고 조용히 건넌방 미닫이를 연다. 남쪽 들창 밑 테이블 위에는 언제나처럼 숱한 광석이 놓여 있다. 공과 대학 다니는 아저씨가 모은 것들이다.

재빨리 수정돌 하나를 골라 집는다. 이만하면 한 반 동무의 것 같은 건 문제가 아니다. 삐죽삐죽 모가 져 나온 수정 부리가 사뭇 크고도 맑다.

아이는 수정돌을 들고 뜰로 내려선다. 이제 이것을 땅에 묻으리라. 그리고 아침저녁 구정물을 주리라. 그러면 날로 수정 부리들이 자라고 새로 애기 부리도 생겨나리라.

아이는 아저씨가 학교에서 돌아와서도 아무 말 없는 게 퍽 다행스러웠다. 그 많은 돌 중에서 수정돌 하나 없어진 것쯤 모르는 모양이다.

저녁 뜨물이 나기를 기다려 들고 나온다. 뜰에 뿌린다. 어머니가 아침저녁 먼지를 죽이기 위해서 하는 것을 대신하는 것이다. 골고루 뿌린다. 그러나 수정돌 묻은 데 가서는 듬뿍 부어 준다.

다음 날 아침에도 그랬다. 세숫물까지 부어 주었다.

그러고는 언제나 할아버지가 서울 오셔서 아침저녁 그랬듯이 뒷짐을 지고 뜰을 한 번 거닐어 본다. 수정돌아, 어서 커라. 어서 커라.

부엌에서 어머니가 밖을 내다보시면서,

"철이가 어른이 다 됐어, 뜰에 물을 뿌릴 줄두 알구."

얼마나 컸을까. 자꾸만 수정돌을 파 보고 싶다. 종내 사흘 만에 파 보았다. 부리가 약간 큰 것도 같고 그대로인 것도 같다. 다시 묻었다. 다음번에는 좀 더 오래 있다 파 보리라.

하루는 저녁을 먹고 난 아저씨가,

"우리 철이 구경 한 번 시켜줄까. 날마다 뜰에 물을 뿌리느라 수고하는 값으루……. 어제부터 요 앞에서 서커스를 하드라."

아이도 안다. 어제오늘 학교 갔다 돌아오는 길에 한참이나 그 앞에 서 있다가 왔다. 밖에 말이 몇 필 매여 있었다.

말 잔등에 원숭이가 올라앉아 이를 잡고 있었다. 여간 재냥스럽지가 않았다.

아이는 아저씨와 함께 구경꾼들 사이에 끼여 앉아서도 원숭이 생각뿐이었다. 그놈만 나오면 무척 재미난 놀음을 해 보일 게다.

사내 둘이 나와 철봉을 해 보인다. 한 사내가 철봉대를 잡고 앞뒤로 막 휙휙 넘다가 공중에서 손을 바꿔 쥔다. 박수가 나왔다. 아이도 따라 손뼉을 쳤다.

거기에 어릿광대가 나왔다. 얼굴에 커다란 코를 해 붙이고 붉은 점이 박힌 통바지저고리를 입었다. 이 어릿광대가 철봉 하는 사람의 흉내를 내다가 번번이 엉터리없이* 실패하고는 밑구멍으로 횟가루방귀를 뀌었다. 그게 여간 우습고 재미나지가 않았다.

다음에는 말이 나왔다. 말 부리는 사람이 무어라 고함을 지르는 대로 몇 번이고 앞발을 꿇고 절을 했다. 어릿광대가 말 잔등에 오르려다 미끄러져 떨어지곤 했다. 구경꾼들의 웃음이 터졌다. 말 부리는 사람이 무어라 고함을 지르니까 이번에는 말이 제 몸 하나 겨우 빠져 나갈 만한 쇠굴레미* 속을 빠져 나갔다. 굴레미에 돌아가며 불이 질러졌다. 그 속을 다시 말이 빠져 나간다. 박수가 나왔다. 아이도 따라 손뼉을 쳤다.

그다음에는 계집들이 나와 춤을 추었다. 젖가슴과 아래만을 가렸다. 몸집에 비해 큰 엉덩이를 이상하게 놀렸다. 구경꾼들 속에서 휘파람 소리와 야릇한 고함 소리가 나왔다.

아이는 문득 아저씨 편을 보았다. 아저씨도 윗몸을 약간 앞으로 내밀고 안경 속 눈을 연신 끔벅이고 있다. 아이는 무엇이 재미있는지 몰라 했다.

그다음에는 몸이 큰 사내 하나가 상당히 긴 통나무 솟대를 안고 나왔다. 솟대를 바로 공중으로 던졌는가 하자 어느새 어깨에 받아 세운다. 손을 대지 않았는데도 솟대는 중심을 잃지 않고 곧바로 서 있다. 빨간 양복 바지저고리를 입은 소녀애 하나가 나풀거리며 뛰어나왔다. 몸이 가냘픈 어린 소녀애였다. 사내가 한 손으로 소녀애를 안아 어깨에 올렸다.

어깨에 오른 소녀는 솟대를 기어 올라가기 시작했다. 손과 발에 끈끈이라도 바른 듯, 잘도 기어 올라간다. 밑에서 어릿광대가 허공에 대고 기어오르는 시늉을 하다가 미끄러져 엉덩방아를 찧는다. 소녀애가 솟대 끝까지 다 기어올랐다.

야, 용하다. 아이는 저도 모르게 손뼉을 쳤다. 그러나 손뼉을 친 것은 아이 혼자뿐이었다. 대체 다른 사람들은 무슨 재주를 더 바라고 있는 것일까. 사실 소녀애는 거기서 내려오는 것이 아니고, 솟대 끝에 한 발을 짚고 일어서는 게 아닌가. 그리고 남은 한 발과 두 팔을 공중에 쫙 펴 보이는 것이다. 박수가 나왔다. 아이도 쳤다. 소녀애가 이번에는 허리를 꼬부려 솟대 끝에 가느다란 손을 모으더니 아랫몸을 움직이기 시작했다. 아, 솟대 끝에서 물구나무서기를 하는 것이다.

아이는 저도 모르게 숨이 가빠졌다. 박수가 요란하게 울렸다. 그러나 아이는 그만 손뼉 치는 것도 잊고 있었다.

다음에 어른들의 줄타기가 있었다. 그네뛰기가 있었다. 다시 계집애들의 이상한 춤이 있었다. 아이는 그런 구경을 하면서도 좀 전에 솟대 타던 소녀애의 일이 자꾸만 눈앞에 사물거렸다.

돌아오는 길에서 아저씨가,

"철이 넌 무에 제일 재미있디?"

한다.

"난 그 나뭇대 끝에 올라가 거꾸로 스는 게 제일 아슬아슬해, 아저씨는?"

그러면서 아이는 문득 이 아저씨는 춤추는 게 재미있었는지 모른다는 생각을 해 본다.

아저씨는 잠시 아무 말 없이 걷기만 하더니,

"옛날 내가 어렸을 땐 서커스두 참 재미있었다. 그런데 어디 요새 거야 보잘 게 있어야지."

다음 날 아이는 학교에서 돌아오는 길에 서커스장 앞에 발걸음을 멈추었다.

밖에는 전과 같이 말이 몇 필 매여 있었다. 말 잔등에 원숭이가 올라앉아 이 사냥을 하고 있었다. 그러나 오늘 아이의 마음을 끄는 것은 원숭이보다도 어제 저녁 솟대 끝에 올라가 물구나무서던 소녀애였다.

아이는 집으로 돌아오자 어머니에게 조용히,

"나 공책이랑 연필 사게 돈 천 원만 주세요."

했다.

"엊그제 사구서 또 무슨 공책이냐?"

"그건 산수 공책 아녜요? 오늘 사려는 건 사회생활 공책이구."

돈 천 원을 받아 쥐고 밖으로 나오면서 아이는 가슴이 울렁거린다. 내가 거짓말을 했구나.

그러나 서커스 입장권을 사 가지고 구경꾼들 새에 끼여 앉자 다른 생각은 없었다. 어릿광대 흉내에 어제 저녁보다 더 웃어 댔다. 그러면서 소녀애의 솟대 타기 차례가 되기를 기다렸다.

아이는 오늘 소녀애가 솟대를 기어오를 때부터 손에 땀이 쥐어졌다. 물구나무설 때 소녀애의 팔이 가늘게 떨리는 것을 보고는 저도 모르게 숨이 막혔다. 아, 아슬아슬하다. 소녀애가 솟대에서 내려와 상기된 얼굴에 미소 띤 인사를 하고 들어갈 때에야 아이도 안도의 한숨을 내쉴 수 있었다.

이튿날, 아이는 다시 어머니를 졸랐다.

"얘가 날마다 무슨 돈이야? 그 상금으룬 벌써 아저씨가 곡마단 구경시켜 주지 않았냐?"

"아저씬 아저씨구, 어머닌 어머니지 뭐. 내 날마다 물 뿌릴게요."

"내 그럴 줄 알았다. 네가 무슨 공짜 일을 할라구. 옜다. 다시 삯 받으려거든 물 뿌리기 그만둬라."

그 다음 날은 아이가 학교에서 돌아와 뜰에서 제기를 차고 있는데 밖에 나갔던 아저씨가 들어오며,

"얘, 철아. 너 들어가 테이블 서랍에서 돈 만 원만 내다오."
한다. 구두끈을 풀기 싫은 모양이었다.

테이블 서랍에는 10만 원 묶음 말고도 한 7, 8만 원은 넉넉할 돈뭉치가 들어 있었다. 일전에 할아버지가 보내 주신 돈이리라.

아저씨가 밖으로 나간 뒤에 아이는 어쩐지 자꾸 가슴이 두근거려짐을 느낀다.

좀 전만 해도 스물 가까이 차곤 하던 제기가 네댓밖에는 더 안 차진다. 아무리 차 봐도 마찬가지다.

방으로 들어가 그림책을 보기로 했다. 늘 보아 오는 그림이건만 몇 장 넘기고는 무엇을 보았는지 생각나지 않아 되들춰 보곤 했다. 그러기를

몇 번이나 되풀이했다.

골목 밖에서 서커스단 나팔소리와 북소리가 들려왔다. 옆집 아이네 집에 가 구슬치기를 했다. 서커스단 나팔소리와 북소리가 자꾸 들려온다. 가슴이 설레었다. 구슬치기에 정신을 모아 본다. 그러나 웬일인지 오늘은 잃기만 했다. 주머니를 털었다.

아이는 문득 저도 모르게 속으로 부르짖는다. 아저씨의 돈을 천 원만 꺼내자, 오늘 하루만 마지막으로 구경을 가자.

그런데 이날 소녀애의 솟대 타기가 좀 이상했다. 솟대를 기어오르는 것부터 그랬다. 반도 못 올라가 미끄러져 내려오는 것이다. 웬일인지 손발을 허정거렸다. 가까스로 소녀애가 솟대를 다 기어올랐다. 그러나 한팔을 짚고 서는 품도 어쩐지 위태로웠다. 아이는 벌써부터 숨을 제대로 못 쉬고 있었다. 소녀애가 물구나무를 서려 솟대 끝에 손을 모았다. 좀처럼 아랫몸을 떼지 못한다. 간신히 떼었는가 하면, 팔이 눈에 보이게 떨리면서 도로 아랫몸을 제자리로 가져온다. 웬일일까. 밑에서 솟대 위 소녀애의 흉내를 내던 어릿광대도 이제는 서서 솟대 위만 쳐다본다. 종내 소녀는 물구나무서기를 못 하고 내려오고 말았다. 구경꾼 속에서 휘파람이 일고 고함이 질러졌다. 시시하다. 집어치워라.

소녀애가 한 팔로 얼굴을 가리고 저쪽 휘장 뒤로 사라져 버렸다.

아이는 마치 자기가 그 일을 당하거나 한 것처럼, 훌쩍 그곳을 빠져나온다. 발길이 절로 휘장을 따라 뒤로 돌아갔다.

"요것아, 오늘은 또 무슨 지랄이냐!"

굵은 사내의 목소리가 들려 나왔다.

아이는 저도 모르게 휘장과 휘장 사이를 맞이은 틈새로 눈을 가져갔다.

그 우스꽝 잘 부리던 어릿광대가 크게 마주 보였다. 그리고 그 앞에 움츠린 소녀애의 작은 몸이 소리 없이 흐느끼고 있었다. 그 외에도 휘장 안에는 여러 사람이 있었다.

"요것아, 그래 누굴 망쳐 놀 작정이냐!"

소녀애가 무어라 울음 섞인 말을 했다.

"뭣이 어째? 몸이 아퍼?"

아이는 깜짝 놀란다. 그처럼 우스꽝을 잘 피워 구경꾼들을 웃기기만 하던 이 어릿광대 어디에 이런 무서운 얼굴이 깃들어 있었던가. 노기에 찬 부릅뜬 눈과 사납게 다문 입이 사뭇 무섭기만 했다.

"그럼 내 병을 고쳐 주지."

어릿광대는 옆에 걸려 있는 가죽 회초리를 내리더니 대번 찰싹 하고 소녀애의 엷은 어깨를 내리갈겼다.

소녀애는 나직한 비명을 지를 뿐, 매를 피하려고도 하지 않았다.

"요것아, 손님을 위해선 죽는 한이 있드래두 재줄 해 보여야 한다는 걸 몰라?"

다시 가죽 회초리가 휙 울었다. 그리고 연거푸 또 또…….

아이는 다시 한 번 놀란다. 휘장 안에는 적잖은 사람이 있었다. 그러나 모두 이쪽의 일은 아는 체도 않는 것이다. 옷을 갈아입던 사람은 그 사람대로, 도구를 나르던 사람은 그 사람대로, 화장을 하던 사람은 그 사람대로, 그리고 좀 전에 어깨에다 솟대를 올려놓고 있던 몸집이 큰 사내는 또 그 사내대로 파이프 담배 연기만 내뿜으며 허공 한곳에 눈을 주고 있을 뿐.

아이는 그만 눈을 거두어 가지고 달아 나오고 만다.

자기 집 대문을 들어서서 잠시 숨을 돌린다. 그리고 무엇을 생각했는지 뜰 구석으로 간다. 수정돌을 파낸다. 그새 수정 부리가 더 자랐는지 어쨌는지는 보지도 않는다.

건넌방 미닫이를 연다. 아저씨가 테이블 앞에 앉았다가 몸을 돌린다.

아이는 수정돌을 내밀며,

"이거 아저씨 몰래 훔친 거예요."

아저씨는 조용히 안경 속 눈을 들어 미소를 띠며,

"그래 땅에 묻구 물을 줬드니 컸냐?"

"그리구 오늘 아저씨 돈까지 훔쳤어요. 어머니한텐 거짓말해서 돈을 타내구……."

아이는 자기 혁대를 풀어 아저씨에게 내주며,

"자, 이걸루 때려 주세요."

아저씨는 더한층 부드럽게,

"괜찮다. 구경 갈려구 끄낸 거니……. 그래, 서커스 재미있디? 그렇게 재미있음 가기 전에 한 번 더 구경시켜 주지."

"아녜요. 서커스 구경은 그만할 테에요. 어서 이걸루 때려나 주세요. 아주 세게 때려 주세요. 얼른요."

* 뒤울안 : 울타리로 둘러싸여 있는 뒤뜰.
* 엉터리없다 : 정도나 내용이 전혀 이치에 맞지 않다.
* 굴레미 : '굴렁쇠'의 북한어.

골목 안 아이

아주 더러운 얼룩고양이 새끼였다. 골목 쓰레기통 옆에 옹크리고 있었다. 아이가 허리께를 쥐어 드니, 꼭 고만한 솜 뭉텅이를 드는 것같이 가뿐했다.

니야아아 하고, 무슨 먼 데서 들려오는 것 같은 소리로 울었다. 할딱이는 맥박만이 아이의 손을 통해 똑똑히 만져졌다. 아이는 이 고양이 새끼를 그냥 그 자리에 내려놓지 못했다. 기르리라 마음먹는다.

몸을 씻어 주었다. 아무리 씻어도 본시는 희었을 코빼기, 목덜미, 가슴패기, 사타구니, 그리고 네 다리가 그냥 거무칙칙한 잿빛대로다. 도무지 그 밖의 까만 털과 또렷한 구별이 서지 않는다.

어머니가 부엌에서 나오다 이걸 보고,

"얘야, 뭘 그까짓 걸 기른다구 야단이냐? 사람 먹을 양식두 아쉬운 판

에……. 짐승 하나가 사람 한 입 당한다."

그러나 아이는 크게 도리질을 하며,

"아냐, 나구 같이 먹구, 나구 같이 잘 테야."

어느새 고양이 새끼는 끼니때마다 아이의 곁을 떠나지 않게 되었다. 밤에 잠자리에서, 아이는 곧잘 잠결에 이 고양이 새끼의 몸을 어루만진다. 지난날 잠결에 어머니의 젖가슴을 어루만지는 심사다.

고양이 새끼를 안고, 길 건너 앞집 아이한테 놀러간다.

끄나풀로 어르면 고걸 잡으려 앞발을 들고 나불거리는 게 재미있다. 앞집 아이가 저희 어머니 손잡이 거울을 갖다 대면 거기 비친 자기를 다른 고양이로 알고 등을 바짝 꼬부려 올리고 싸우려는 시늉을 하는 것도 우습다. 앞집 아이가 꼬리에다 과자 조각 같은 걸 매달면 언제까지나 뱅뱅 돌다가 제바람에 나가쓰러지는 것도 여간 볼만하지 않다.

앞집 아이가 밥을 내다 준다. 고기 국물에 만 밥이다. 고깃점도 들어 있다. 썩 잘 먹어 댄다. 아마 아이 자기가 이 집에 놀러 와서 얻어먹는 과자나 떡 같은 게 맛이 있듯이 그렇게 맛이 당기는 모양이다.

고양이 새끼가 제법 고양이 꼴이 됐다. 터럭도 흰 부분과 검은 부분이 또렷이 제 빛깔로 돌아갔다. 윤까지 흘렀다.

한 번은 앞집 아이네 집에 가 놀고 있는데, 건넌방 미닫이가 열리며 거기 얼마 전부터 앓아누워 있다는 앞집 아이의 할아버지가 부어 희멀건 얼굴만을 내밀고,

"얘, 그 괭이 새끼 우리 다우, 우리가 기를게."

한다.

아이는 이렇다 저렇단 말도 없이, 그냥 고양이 새끼를 품에 안고는 그 집을 뛰쳐나온다.

속으로는 안 된다는 말을 수없이 되풀이하며, 그리고 이제부터는 이 아이네 집에 놀러 오지 않으리라 마음먹는다.

고양이 새끼가 온데간데없어졌다. 부엌에도 나가 있지 않다. 주인집 대청마루에도 들어가 있지 않다. 뜰 구석까지 샅샅이 찾아봐도 없다.

대문 밖으로 나왔다. 위아래 길가에도 뵈지 않는다. 큰일이다.

그러는데, 앞집 아이네 뜰에서 돌아라 돌아라 팽이처럼 돌아라, 하는 앞집 아이의 말소리가 들려 나오지 않는가.

큰 대문을 밀고 들어선다. 거기 고양이 새끼가 한창 꼬리에 과자를 매달고 돌아가고 있다.

아이는 와락 달려들어 꼬리의 과자를 떼어 팽개치고는 고양이 새끼를 껴안고 뛰쳐나온다.

그러나, 그 뒤 고양이 새끼는 자주 뵈지 않게 되곤 했다.

그럴 적마다 앞집 아이네 집에 가 있곤 했다. 앞집 아이와 재미나게 놀고 있거나, 고기 국물에 만 밥을 맛있게 먹고 있곤 했다.

아이는 그때마다 고양이 새끼를 안고 나오며 이후에 자기는 이 앞집에서 주는 어떤 과자건 음식이건 받아먹지 않으리라 마음먹는다.

"너두 이제부텀 그렇게 해, 응?"

고양이에게 타이른다.

용한 생각을 하나 해냈다. 개구리를 잡아다 구워 먹이리라는 것이었다. 언젠가 앞집 아이와 함께 갔던, 시가지를 벗어나서도 또 한참을 걸어야 되는 논둑으로 가 개구리를 잡아 왔다. 고양이 새끼가 꽤나 맛있게 먹어 준다. 기쁘다.

용한 생각을 또 하나 해냈다. 참새 새끼를 구워 먹이리라는 것이었다. 주인집 몰래 가까스로 뒤꼍 처마로 올라가 봐 두었던 참새 새끼를 꺼내 왔다. 고양이 새끼가 맛있게 먹어 준다. 아주 기쁘다.

내일쯤은 어디 참새 새끼든지 개구리를 또 잡아 와야겠다는 생각을 하다가 잠이 든 날 밤이었다. 꿈을 꾸었다.

논둑에 이르기 전에 무엇이 탁 뛰어오르며 종아리를 와 무는 게 있다. 보니, 개구리다. 그런데 한 마리가 아니다. 셀 수 없이 많다. 그 많은 개구리가 막 뛰어오르며 물어뜯는다. 못 견디겠다. 달아난다. 그러는데 이번에는 머리며 목덜미를 와 쪼는 게 있다. 보니, 참새다. 수없이 많다. 그 많은 참새가 마구 몰려와 쪼아 댄다. 못 견디겠다. 뛰지도 못한다. 사람 살려라 소리를 지르려 해도 소리가 돼 나오지 않는다.

어머니가 흔들어 잠을 깨웠다. 고양이 새끼가 가슴에 올라와 엎드려 있었다. 아이는 저도 모르게 고양이 새끼를 밀어냈다.

다음 날부터 아이는 앞집 아이네 집에 가 있는 고양이 새끼를 찾아오

지 않는다.

　아무래도 한 가지 마음에 걸리는 게 있다. 기어이 어느 날 아이는 앞집 아이에게,

　"저, 너, 밤에 꿈꾸지?"

하고 묻는다.

　"그래."

　"꿈에 돼지랑 소가 나와 물지 않디?"

　앞집 아이는 그게 무슨 소린지 통 알아듣지를 못하면서,

　"아아니."

한다.

　아이는 적이 안심되는 심사다.

　며칠 뒤의 일이었다. 저녁때였다.

　아이가 대문을 나서니 거기 앞집 아이가 있다가 이리로 다가오며,

　"오늘 우리 괭이 잡았다."

한다.

　"잡다니?"

　"저, 우리 할아버지 계시잖니? 그 우리 할아버지 약에 쓰신다구 잡았다. 쪼꼬매두 살쪘드라. 그리구 괭이 가죽은 겨울에 내 귀걸이 만들어 주신다구 저기 널어 말린다."

　아이는 머릿속이 아찔함을 느낀다.

앞집 아이는 자기가 한 말이 그렇듯 상대편을 놀래 주는 게 신명이 나는 듯,

"자, 우리 저기 괭이 가죽 말리는 거 가 봐."

하고 아이의 팔까지 이끈다.

아이는 세게 그 손을 뿌리쳤다. 그러고는 내달리기 시작했다. 골목 밖으로, 골목 밖으로.

고양이 새끼가 자꾸 뒤따라온다. 그건 요즈음의 살찐 고양이의 모습이었다. 아이는 달리면서 눈을 꼭 감는다. 처음 주워 왔을 때의 그 파리하고도 더러운 꼴을 한 고양이 새끼의 모양이 떠오른다.

그만 아이는 그 자리에 멈춰 서면서 두 손으로 귀까지 막는다. 처음 고양이 새끼를 발견했을 때의 니야아아 하는 울음소리가 들려오는 것 같았다.

아이는 눈을 감고 귀를 막은 채 세게 머리를 몇 번이고 흔들고는, 와아, 울음을 터뜨리고야 말았다.

송아지

이 이야기는 6·25동란을 겪은 어느 시골 초등학교 어린이가 피난 때 자기 동무가 당한 일을 쓴 작문에 기초를 두고 있다.

〈돌이네가 송아지를 사 온 것은 3학년 봄방학 때였습니다.〉

아주 볼품없는 송아지였다. 왕방울처럼 큰 눈에는 눈곱이 끼고, 엉덩이뼈가 앙상하게 드러난 볼기짝에는 똥딱지가 다닥다닥 붙어 있었다. 어디 이따위 송아지가 있어. 돌이는 아버지가 몇 해를 두고 푼돈을 아껴 모아 사 온 송아지가 기껏 이런 것이었나 싶어 적잖이 실망과 짜증이 났다.

그래도 한 달 남짓 콩깍지와 사초를 잘게 썬 여물에 콩도 한 줌씩 넣어 먹였더니 좀 송아지 꼴이 돼 갔다.

그동안 돌이는 아침마다 송아지를 마당비로 쓸어 주었다. 어머니가 외양간이나 안뜰에서 쓸면 털이 장독에 날아든다고 하여 집 뒤 도토리나무 밑으로 가 쓸어 주곤 했다. 처음에는 나무에 고삐를 매고 쓰는데도 이리 저리 날뛰던 것이 차차 익어져서 이제는 제법 의젓하게 가만히 서 있다. 아마 비로 쓸어 줄 때의 시원한 맛을 아는 모양이었다. 이따금 큰 귀를 쫑긋거리면서 눈을 가느스름하게 뜨고 있는 것이다. 똥딱지가 깨끗이 떨어져 나간 볼기짝을 꼬리로 슬슬 치면서.

어느 날 송아지의 코뚜레를 꿰어 주었다. 코뚜렛감은 벌써 아버지가 장만해 둔 게 있었다. 노간주나무 가지를 잘라다 불에 고리처럼 휘어 가지고 지붕 위에 올려 말려서는 칼로 껍질을 벗기고 옹이를 다듬고 하여 아주 매끈하게 만들어 두었던 것이다.

아버지가 앞집 아저씨와 함께 송아지를 데리고 방앗간으로 갔다. 거기서 뒤허리와 목을 방앗간 도리에다 잡아매고는 앞집 아저씨가 엄지손가락과 집게손가락으로 송아지의 코를 그러쥐었다. 송아지는 큰 눈을 희번득거릴 뿐 고갯짓도 못했다. 아버지가 신꼬챙이를 송아지 코로 가져갔다. 코를 뚫을 참인 것이다.

돌이는 여기까지 보다가 그만 돌아서고 말았다. 매애매애애 하는 송아지의 코멘소리가 들렸다. 조금 후 코뚜레 꿰는 일이 끝난 듯하여 돌아다보니, 송아지의 코에서 피가 흐르고 눈에는 눈물이 괴어 있었다. 저것두 사람처럼 눈물을 다 흘린다!

집으로 돌아온 돌이는 떡갈잎으로 코피를 닦아 주려 했다. 송아지가 겁을 먹고 눈 흰자위를 드러내며 고개를 내둘렀다. 인마, 널 좋게 해 주려구 그러는데 왜 이래.

저녁때 여물은 어른들 몰래 콩을 몇 줌 더 갖다 넣었다.

뜯어먹을 만한 풀이 돋자, 〈돌이는 학교에서 돌아오는 대로 송아지를 데리고 방죽으로 나갔다가 저녁때가 되어야 돌아오곤 했어요.〉

돌아오는 길에 언제나 방죽 밑으로 내려가 강물을 먹였다. 한번은 물을 먹여 가지고 다시 방죽 위로 올라오니까 고삐가 팽팽해졌는데도 송아지가 자꾸만 앞서 가기에 코뚜레 꿴 코가 아플 것 같아 고삐를 놓아준 일이 있었다. 그랬더니 막 달려서 혼자 집을 찾아가는 게 아닌가.

그로부터 돌이는 강물을 먹여 가지고 방죽 위에 올라서서는 고삐를 놓아주고 집까지 달음박질 경주를 하곤 했다. 언제나 이 경주에서 돌이가 졌다. 동네치고 제일 높은 곳에 있는 집까지의 언덕배기를 송아지는 단숨에 껑충거리며 달려 올라가는 것이다. 이럴 때 송아지 꼬리가 약간 뻗쳐지는 것을 재미있다고 생각하며 돌이는 경주에 지고서도 만족해했다.

방죽 안쪽은 논밭이 있다. 그 낟알 잎을 송아지가 뜯어먹는 수가 있었다. 그러면 돌이는 고삐를 바투 쥐고 송아지의 따귀를 때린다. 힘껏 때리는 시늉을 하지만 실제는 가볍게 툭 소리가 날 뿐이다. 인마, 그건 먹음 못써, 다시 그런 짓 했단 알지? 이렇게 몇 번 따귀를 맞고 타이름을 받고 나서도 송아지는 어쩌다 돌이가 한눈파는 틈을 타서는 슬쩍 혀끝으로 낟알 잎을 감아 들이는 수가 있었다. 돌이는 여전히 시늉만인 센 따귀를 때리면서 뇌까리는 것이다. 인마, 그건 먹음 못쓴대두, 다시 또 그럴 테야, 정말?

그런 지 얼마 후부터는 낟알 잎을 안 먹게 됐다.

〈고삐를 놓고 돌이는 방죽에 앉아 숙제를 하는 일도 있었습니다.〉

그러다가 때로는 누워 잠이 들기도 했다. 잠결에 목이 선뜩거려 눈을 뜨면 저녁 그늘이 내린 속에 송아지가 혀로 목을 핥고 있는 것이다. 이제는 집에 가자는 듯. 방죽을 내려가 물을 먹이고는 언제나처럼 집까지 달음박질 경주.

〈그 무시무시한 6·25가 일어났습니다.〉

군대가 한 차례 밀려 내려왔다가 밀려 올라갔다. 그동안에 동네에서는 한 집이 비행기 폭격을 맞아 홀랑 날아가는 바람에 일가가 몰살을 당하고, 동네 사람 하나는 포탄 파편에 맞아 다리 하나를 못 쓰게 됐다. 그리고 군대들이 동네에 들를 적마다 곡식을 모아 가고, 닭과 개와 돼지를 잡아가고, 소를 끌어갔다.

돌이네 집에 와서 송아지를 끌어가려 했다. 돌이가 송아지 목을 그러안고 놔주지 않았다. 송아지와 함께 얼마를 질질 끌려갔다. 군인이 총부리를 들이댔다. 그래도 돌이는 송아지의 목을 꼭 안은 채 떨어져 나가지를 않았다. 지독한 놈이라고 하면서 군인이 그냥 가 버렸다.

겨울철에 들어서자 북으로 올라갔던 군대가 도로 밀려 내려왔다. 그 뒤로 중공군이 구름처럼 몰려 내려온다는 풍문이 돌았다. 사실 북쪽에서 먼 천둥 같은 포 소리가 들려왔다.

〈온 동네가 피난을 떠나기 시작했습니다.〉

곡식을 거둬 가고, 짐승을 끌어가는 것은 둘째로 하고, 저번에 집과 사람이 한꺼번에 날아가 버린 일과 다리 하나를 못 쓰게 된 사람의 일이 남의 일 같지가 않은 것이었다.

〈돌이네도 피난 가야 했습니다.〉

떠나는 날 새벽 돌이는 아버지에게,

"송아지두 데리구 가지?"

했다.

아버지는 그냥 짐만 꾸릴 뿐 대답이 없었다.

돌이가 재우쳐 물었다. 그제야 아버지는 손만을 잠깐 멈추고 돌이는 돌아보지도 않고,

"안 된다, 강 얼음이 아직 얇아서……. 사람이나 겨우 밟구 건널까 말까 한데 소야 되나."

하고 한숨을 짓는 것이다.

어제 누구넨가도 소가 미끄러지지 않게끔 얼음 위에 흙과 재를 깔아 놓고 나서도 종내 얼음이 얇아 사람만 피난 간 일이 있는 걸 돌이도 알고 있었다.

할 수 없었다. 돌이는 콩을 담뿍 넣어 쑨 여물을 송아지에게 잔뜩 먹여 가지고 예전과 같이 집 뒤 도토리나무 밑으로 가 마당비로 쓸어 주고는 도로 외양간에 들여다 매었다. 그리고 콩깍지를 몇 아름이고 안아다 주고, 구유에다는 물을 가득 부어 놓았다.

이걸 보고 있던 어머니가,

"그렇게 해 놔두 소용없다. 콩깍진 이제 밟게 되면 못 먹게 되구, 물두 얼면 못 먹을걸."

문득 돌이는 무엇을 생각했는지 방으로 들어가 공책 뚜껑을 뜯더니 그 뒷면 한복판에다 연필에 침을 묻혀 가며 큼직한 글씨로 이렇게 썼다.

'이 송아지에게 콩깍지와 물을 좀 주세요.'

떠날 채비를 끝낸 아버지가 곰방대에 담배를 담으며,

"이제 군대가 들어오면 대번 잡아먹구 말 텐데……."

돌이는 다시 연필에 침을 묻혀 가지고 좀 더 큰 글씨로 한 옆에 썼다.

'군인 아저씨 꼭 부탁합니다.'

그러고는 칡에 꿰어 송아지 목에 매달았다.

간단히 꾸린 짐을 아버지는 지고, 어머니는 이고, 돌이는 조그만 보따리를 하나 지고 집을 나섰다. 나서기 전에 돌이는 송아지를 향해 말했다.

"내 곧 데리러 올게, 응."

방죽을 내려 강에 들어서며 돌이는 발로 얼음을 굴러 보았다. 딱딱했다.

앞섰던 아버지가 돌아보며,

"살살 걸어, 가운데루 갈수록 살얼음이니까."

강 한가운데는 어른의 한 길이 넘는다. 어서 거기까지 꽝꽝 얼어 도로 와서 송아지를 데려갈 수 있게 됐으면 오죽 좋을까 하고 돌이는 생각했다.

강을 반 남아 건넜을 즈음 돌이는 무심코 집 쪽을 돌아다보았다. 뜻밖에도 송아지가 외양간에서 나와 싸리 울타리 너머로 이쪽을 바라보고 있는 게 아닌가. 그리고 별안간 송아지가 버둥거리는 것 같더니 싸리 울타리를 뚫고 달려 나오는 게 아닌가. 고삐를 끊은 것이다.

송아지는 쏜살같이 언덕배기를 내려 이리 달려오는 것이었다. 먼발치로도 꼬리가 뻗쳐져 있는 걸 알 수 있었다. 야, 빠르다, 빠르다. 방죽을 지나 얼음판에 들어섰다. 요행 흙과 재를 깔아 놓은 데로 달려오긴 하지만 저러다 미끄러져 넘어지기라도 하면 어쩌나. 돌이는 송아지가 달려오는 쪽으로 마주 걸어 나갔다.

뒤에서 어머니와 아버지의, 돌이야, 돌이야, 하는 째진 목소리가 연달아 들렸다. 그러나 그 소리가 귀에 들어오지 않는 듯 그냥 마주 걸어 나가는 돌이의 얼굴은 환히 웃고 있었다. 이제 조금만 더, 이제 조금만 더.

송아지와 돌이가 서로 만났는가 하는 순간이었다. 우저적, 하고 얼음

장이 꺼져 들어갔다.

　한동안 송아지는 허우적거리며 헤엄을 치려고 안간힘을 썼으나 얼음
물 속에서 사지가 말을 안 듣는 듯 그대로 얼음장 밑으로 차츰 가라앉기
시작했다. 그러한 송아지의 목을 돌이가 그러안고 있었다.

몰이꾼

　애놈 셋이 청계천 속에 들어가 허리를 구부리고 돌아가고 있다. 검은 개천 물처럼 땟국에 전 누더기 옷들을 걸쳤다. 누가 봐도 첫눈에 거리의 애들이 분명했다.

　대체 무엇들을 하고 있는 것일까. 고기 새끼라도 잡고 있는 것일까. 그러고 보면 그런 자세들이다.

　우리는 간혹 장마 뒤에, 이들 거리의 애들이 저렇게 청계천에서 눈먼 중고기 새끼 같은 것을 잡아내는 걸 보는 수가 있다. 호독호독 뛰는 작은 생명체를 오므린 손바닥 안에 넣고 들여다보는 애놈들의 눈에는 금세 생기가 돈다. 검은 물속에서 건져 낸, 빛깔마저 검고 작은 생명체는 호독호독 뛸 때마다 그래도 햇빛에 반짝인다. 애들의 눈도 반짝인다. 앙상하니 갈빗대가 하나하나 드러난 검게 탄 애들의 가슴도 팔딱팔딱 뛴다. 몇 번

이고 햇볕에 꺼풀이 벗겨져 제법 매끄러운 윤기를 띤 채. 마치 무슨 그런 비늘을 가진 물고기나처럼. 별안간 이 팔딱이는 가슴이 고함을 지른다. 야, 요것 참 재밌다. 뛴다, 막 뛴다.

그러나 이 거리의 애놈들이 고기잡이하는 것도 때가 있는 것이지, 삼월 초순 무렵인 지금이 어느 때라고 고기 사냥일까 보냐.

혹 애놈들은 지금 무엇을 줍고 있는 중인지도 모른다.

이것도 우리는 이들 거리의 애들이 이 검은 개천에서 깡통이니 쇠줄이니 못 나부랭이 같은 것을 들추어내는 걸 가끔 본다. 검은 갯바닥 속에서 이 빠진 흰 사기그릇을 파내 들고 이리저리 뒤치어 보는 애. 아무래도 이 빠진 곳이 아쉬운 듯 에잇 하고 집어던진다. 그러는 애놈의 검은 얼굴에서 흰 이빨이 드러났다 감추인다. 금방 이 애가 집어던진 이 빠진 흰 사기그릇 조각이나처럼.

애놈들이 이렇게 검은 개천에서 주움질 하는 것은 별반 철이 정해져 있는 것도 아닌 성싶다. 정녕 이 애놈들은 지금 그런 주움질을 하고 있음에 틀림없는 것만 같다.

한 놈이 허리를 굽힌 채 고개만을 들어 동물적으로 빛나는 민첩한 눈으로 좌우를 살폈는가 하자 동무들 보고 무어라 소곤거린다. 그와 함께 세 놈은 한꺼번에 한곳으로 몰려간다. 거기에는 하수도 구멍이 떼꾼하니 아가리를 벌리고 있었다. 앞선 애가 날렵하게 그 아가리 속으로 머리를 디민다.

이 하수도 구멍과 조금 엇비슷이 마주 뚫린 골목으로부터 한 중년 신사가 걸어 나오고 있었다.

무심코 던진 중년 신사의 눈에 하수도 구멍 아가리로 사라지는 앞선 애의 뒷모양이 비쳤다. 그리고 이 애의 뒤를 이어 들어갈 자세를 취하는 둘째 놈의 뒷모양도.

중년 신사는 고놈들이 또 무슨 장난질을 하는고, 숨바꼭질이라도 하는 모양이지, 할 수 없다니까, 고놈들은 장난질을 해도 꼭 저렇게 더럽게만 하거든, 하며 오른쪽 길로 꺾인다. 그러다가 다시 한 번 눈이 무심코 개천 건너편에 서 있는 빌딩으로 가자 퍼뜩 정신이 들어 발걸음을 멈춘다.

"예끼 놈들!"

이 소리에 셋째 놈은 말할 것도 없고, 하수도 구멍 속에 거의 다 뒷모양을 감추었던 둘째 놈까지 돌쳐 나오더니, 좌우로 달려 개천 둑을 기어오른다. 돌로 미끈히 쌓아올린, 손과 발을 붙일 데가 없는 축대를 마치 사다리나 놓은 듯이 홀딱 기어올라 제각기 골목으로 몸을 감추고 만다. 세 놈 중에서 아직 한 놈은 나오지 않았다.

"이눔, 썩 나오지 못해?"

하고 고함을 지른다.

자전거를 타고 지나가던 사람이 멈춰 선다.

한 놈은 그냥 나오는 기색이 없다.

"이눔, 썩 나오겠니?"

자전거 씨는 이 점잖은 중년 신사가 무엇 때문에 이렇게 고함을 지르고 있는지 몰라 한다.

하수도 구멍은 그저 검은 아가리를 떼꾼하니 벌린 채 아무 소식이 없다.

중년 신사는 혼잣말 비슷이, 그러나 분명히 자전거 씨가 들으라고,

"좀 전에 깍쟁이 한 놈이 저 속으루 들어갔는데……."

한다.

그러고는 자기의 말뜻을 이 자전거 씨가 미처 알아듣지 못하리라는 생각이 들어,

"깍쟁이 놈들이 저기 저 서양 사람들이 들어 있는 집을 노리구 그러거든."

하며 맞은편 둑 안에 서 있는 빌딩을 가리킨다.

그제야 자전거 씨는 요즈음 깍쟁이 놈들이 별짓을 다해서 서양 사람들의 물건을 훔쳐 낸다더니 이거로구나, 그리고 오늘은 그 실제의 장면을 하나 구경하게 되는구나 하며, 하아 하고 감탄스레 고개까지 끄덕인다.

"세 놈이 들어가는 걸 내가 고함을 질렀드니, 두 놈은 달아나 버리구 한 놈이 좀 나오지를 않는군."

지나던 사람들이 모두 발걸음을 멈춘다. 어떤 사람은 벌써 사람들이 모여 선 것을 보고, 무슨 구경거리가 생겼다고 빠른 걸음으로 와서는 무엇이오, 무엇이오? 하며 두리번거린다. 개천에다 무얼 내려뜨리기라도 했나? 혹은 색다른 걸 발견이라도 했나? 요새 흔히 있는 갓난애의 시체

같은 것이라도?

"깍쟁이 놈이 저리루 뭣허러 들어갔는지 아시우?"

자전거 씨는, '모르겠지요?' 하는 눈으로 모여 선 사람들을 한 번 둘러보고는, 하수도 구멍을 가리키던 손을 번쩍 들어 건너편 빌딩을 가리킨다.

"저 서양 사람들이 있는 집을 노리구 그러는 거예요."

딴은 그렇다고, 모여 섰던 사람들이 좀 전의 자전거 씨처럼 감탄스러운 고갯짓을 한다.

"이눔, 썩 못 나오겠니?"

중년 신사가 다시 고함을 지른다. 역시 그걸 제일 먼저 발견한 사람은 예 있다는 듯이.

모두 하수도 구멍으로 눈이 쏠린다. 그러나 하수도는 여전히 검은 아가리를 벌리고 있을 뿐, 아무 소식이 없다.

"고놈 깍쟁이 놈들이 여간 영악스러워야지."

"말해 뭣해요. 고놈들 참 맹랑한 놈들이지요."

"글쎄 고놈들을 한꺼번에 싹 쓸어 없애는 순 없나? 소매치기니 뭐니 하는 것두 모두 고놈들의 짓이라니깐."

"여부 있어요?"

"어디선가 이런 일두 있었다잖어요? 어떤 할머니가 두부 자배기*를 내려놓구 팔구 있는데, 별안간 어디서 애 두 놈이 달려오더니 바루 할머니가 앉었는 앞에서 싸움을 시작하드란 거예요. 둘 중의 큰 놈이 작은 놈을 넘어뜨려 놓구 때리는데 할머니가 떼어 놓지 않았겠어요? 그러구 나서 나중에 두부를 팔구 거스름돈 끄내려구 주머닐 보니까 좀 전꺼지 차구 있든 주머니가 온데간데없이 없어졌드래요. 문둥이 뭣 잘라 가듯이 아니구 뭐예요? 고놈들 하는 짓이 하나에서 열까지 여간 영악스러워야지요, 원."

"요새 와서는 또 양키 물건을 훔쳐 내는 데두 기술적으루 훔쳐 낸다드군요. 어떤 미군 숙사에서 빈 드럼통이 혼자 떼굴떼굴 굴러가드래요. 굴리는 사람은 통 뵈지 않는데 묘하게 혼자서 잘 굴러가질 않겠어요. 그래 하두 이상해서 보고들 있노라니까, 저만치 굴러가드니 통 속에서 뭣이 톡 튀어 나와 달아나는데 보니 깍쟁이 놈이드라구요. 글쎄 드럼통 속에 들어가 그걸 굴리는데 무슨 운전하는 기계나 달린 것처럼 요리조리 자유자재루 하드래요 글쎄."

"요새 와서는 또 저렇게 하수도 구멍으루 들어가 훔쳐 내는 법을 발견했다드니……."

이야기가 하수도 구멍으로 돌아오자 모두 그리로 눈을 준다. 그러나 아직 하수도 구멍 속에서는 아무 기별이 없었다.

"한번 고놈들 버르장머리를 가르쳐 줄 수 없나, 원."

"한번 혼내 줍시다."

보니, 중절모자를 쓴 깨끗한 청년이다.

어떻게 혼내 주려는가 하고, 모두 쳐다본다.

청년은 거기서 얼마 떨어져 있지 않은 다리를 건너간다.

자전거 씨는 좀 전부터 가 버리고 말까 하다가 하회*를 기다리기로
한다.

"이 간나새끼, 빨리 나오나!"

고동색 양키 점퍼를 입은 청년이 구부정 하수도 구멍을 들여다보며,

"저 간나새끼 놀라서 게바라 나오게* 빈 총이래두 한 방 탕하니 쐈으
믄 좋겠다."

아마 카빈총이라도 생각한 것이리라.

거기 모인 청년들도 참 저놈의 하수도 구멍에다 대고 총을 한 방 요란
하게 쏴 봤으면 멋이 있으리란 생각들을 해 본다.

"쏜다, 안 나오믄!"

이번에는 검정 와이셔츠 바람의 청년이 고함을 질렀다.

"앙이 나오믄* 쏜다!"

고동색 점퍼 청년이 그냥 구부정 허리를 굽힌 채 덩달아 소리를 질렀다.

과연 이 청년들의 호령이 보람 있는 듯, 여태 까맣던 하수도 구멍으로부터 금세 무엇이 움직여 나오는 소리가 나더니 쏴아 하고 물이 쏟아지기 시작한다. 그 물이 양동이 하나둘의 뜨물 같은 것이 아니고, 누가 소방전을 열어 가지고 호스라도 대놓은 듯한 물이다. 마구 줄달아 쏟아져 나온다. 아마도 중절모 청년이 서양 사람들이 들어 있는 데로 가 무슨 말을 했는가 싶다.

모여 선 사람들의 호기심에 빛나는 눈들이 바로 하수도 구멍을 지킨다. 이제 그 깍쟁이 놈도 별수 없이 기어 나오고야 말리라.

"한 번 맛 좀 봐라."

어느새 돌아왔는지 좀 전의 중절모 청년이 말했다.

그냥 물이 쏟아져 나온다. 이제는 하수도 구멍 안의 구정물이 씻기어 아주 말짱한 물이 그대로 쏼쏼 쏟아져 나온다. 그런데도 깍쟁이 애놈은 기어 나오지를 않는다.

아무리 간악한 놈이기로서니 이처럼이야 견디어 낼 수가 있을까. 철이철이라 물도 엔간히 찰 텐데. 자칫하면 저 속에 아무것도 없는 것을 가지고 그러는 거나 아닌가. 꼭 그런 것만 같다.

그러나 곧 이런 의문은 지워지고 만다. 하수도 구멍으로부터 떠내려온 것이 있었다. 이게 필시 깍쟁이 놈이로구나 했다. 그러나 그것은 두 조각의 걸레였다. 걸레치고도 그리 성하다고는 할 수 없는 걸레였다. 그렇건만, 그게 분명 사람의 옷임에는 틀림없었다.

깍쟁이 애놈이 입었던 옷인 것이다. 그러면 깍쟁이 놈은?

"이제 옷두 떠내려왔으니 고놈두 쉬 떠내려올 거예요."

자전거 씨의 말이다. 보아 하니 어느새 중년 신사도 가 버린 뒤라, 이 일을 처음부터 아는 사람이란 자기 혼자뿐이라는 자랑스러운 낯빛이다. 그러면서 자전거 씨는 이렇게 된 바에는 끝장까지 보고 가리라 마음먹는다. 그새 늦은 길은 자전거를 좀 더 빨리 두르면 되지 않으리.

깍쟁이 애놈이 그냥 나오지를 않는다.

"하하, 고놈 참 맹랑한 놈이로군……. 여러분들은 왜 깍쟁이 놈은 안 나오구, 저 입었던 옷만 떠내려 보냈는지 아슈? 그게 다 이치가 있어요. 물속에서는 옷이구 뭐구 몸에 지닌 것이 큰 짐이 되거든요. 그러니까 고놈이 조렇게 옷을 홀랑 벗어 떠내려 보낸 거예요."

로이드 안경잡이 청년 하나가 하얀 잇새를 내보이며 미소를 띠고 있다.

"조놈 봐라!"

과연 고놈이 누굴까. 어디서 왔을까. 지금 떠내려가다 한 곳에 걸린 걸레 같은 옷을 집어 가지고 개천 물을 찰박이면서 달아나고 있다. 깍쟁이 놈이다. 아까 건너편 골목으로 도망친 애놈 중의 하나인지도 모른다.

검정 와이셔츠 청년이 둑 위로 달려가 앞지른다. 깍쟁이 애놈이 휙 방향을 돌린다. 청년이 돌아서서 또 앞을 지른다. 깍쟁이 애놈이 또 방향을 돌린다. 청년이 또 앞지른다. 이렇게 청년은 개천 둑에서, 깍쟁이 애놈은 개천 속에서 마주 어른다. 한쪽이 오른쪽으로 움직이면 한쪽이 왼편으로, 한쪽이 왼편이면 한쪽이 오른편으로⋯⋯. 그러는 동안, 깍쟁이 애놈의 눈은 동물적으로 형형히 빛나고 동작은 무슨 발랄한 생명체의 약동이나처럼 팔팔해진다. 절로 어떤 장단까지 띠고서.

"이리 못 올라오간?"

그러지 않으면 내 편에서 내려간다고 내려갈 자세를 보이면, 깍쟁이 애놈은 빤히 내려올 리 만무하다는 걸 알면서도 멀리 달아날 형세를 보인다. 그러니 이편에서 다시 자세를 고쳐 앞지르는 수밖에. 그러면 또 날쌔게 방향을 돌릴 뿐. 종내 청년 편에서 앞지르기를 그만둔다. 삽시간에 깍쟁이 애놈은 다리 밑을 빠져 사라져 버린다.

그새 물이 훌쩍 줄었다. 그러나 하수도 구멍 속에서는 아무 소식이 없다. 고것 참 깍쟁이 놈은 깍쟁이 놈이로구나.

"고놈이 아직 맛을 들 본 모양이로군."

중절모 청년이 잰걸음으로 다시 다리를 건너간다. 영어 마디나 족히 할 청년 같다. 사람들은 이 청년이 이번에는 좀 더 물을 흠뻑 쏟아 내보내게 말해 주었으면 한다.

갑자기 고동색 점퍼 청년의,

"요 간나새끼!"

하는 목소리와 함께,

"아야야야……."

하는 비명 소리가 들린다.

　보니, 고동색 점퍼 청년의 손에 애놈 하나가 뒷덜미를 잡혔다. 몸에 걸친 주제며, 생긴 모양이며, 키가 꼭 좀 전에 다리 밑으로 달아난 깍쟁이 고놈이다. 그러면서 또 아주 딴 놈 같기도 하다. 대체 요 깍쟁이 놈들은 누가 누구란 말이냐. 그리고 요놈들은 어쩌자는 것이냐. 먼젓번 놈은 동무의 옷을 가지러 오고, 요놈은 또 동무의 신상이 염려되어 엿보러 왔더란 말이냐.

　"요 간나새끼, 가자!"

　"아야야야…… 전 아무 죄 없어요. 누구 보고나 물어보세요. 아야야야…… 전 아무 죄 없어요. 그저 일루 지나가든 길예요. 아야야야……."

　고동색 점퍼 청년은 파출소로 가자고 애놈을 잡아끈다.

　그 단단히 그러쥔 누더기옷 깃고대* 밑에서 야윈 생명체가 바득거려 마지않는다.

　"아야야야…… 전 아무 죄 없대두요. 누구 보고나 물어보세요. 아야야야…… 정말예요. 전 그저 일루 지나가는 길예요. 아야야야…… 옷 다 찢어지네. 아야야야……."

　이렇게 깍쟁이 애놈의 "아야야야." 하며 무어라 주절대는 소리와 여전히 바득거려 마지않는 야윈 생명체의 움직임이 차차 멀어져 가는 것이었는데, 그러다 문척*하니 마치 연줄이 한가운데서 끊어져 나가듯이 그렇게 청년의 손에서 깍쟁이 애놈이 물러나자 팔딱 허리를 펴고 거기 골목으로 달아나 없어진다. 고동색 점퍼 청년의 손에다는 걸레 같은 누더기 허물을 남긴 채.

그새 하수도 구멍 물이 아주 줄었다. 그런데 물빛이 왜 저럴까. 가만 있자. 저게 바로?

"피다!"

누군가가 외쳤다.

그러면 혹시 깍쟁이 애놈이 저 속에서?

"여러분, 염려하실 게 없습니다. 그저 고놈이 아직두 나오지 않으려구 바득바득 손톱 발톱으루다 시멘트 바닥을 긁어서 나오는 피니까요."

다 뻔한 일이 아니냐는 듯이 로이드 안경잡이가 말했다.

"참 고놈 더할 나위 없이 간악한 놈인데."

이때, 하수도 구멍 속으로부터 다시 새로운 물이 쏴아 쏟아져 나오기 시작했다. 핏물도 곧 그 물에 씻겨 없어졌다. 그저 쌀쌀 쏟아져 나오는 흰 물뿐.

그러자 문득 사람들의 마음도 변하고 만다. 여지껏은 이제 깍쟁이 놈이 하수도 구멍으로부터 기어 나오고야 말리라는 데 흥미와 호기심을 일으켜 온 대신에 이번에는 깍쟁아 영악하려거든 끝까지 영악해서 한번 죽

는 한이 있더라도 나오지 말아 보아라 하고, 좀 더 오래오래 견디라는 데 흥미를 붙이는 것이었다.

그러나 이 여러 사람의 기대를 저버리고, 깍쟁이 애놈의 시들 대로 시든 작은 육체가 하수도 구멍 속으로부터 떠내려오고야 말았다. 한갓 검부러기* 모양.

* 자배기 : 둥글넓적하고 아가리가 넓게 벌어진 질그릇.
* 하회 : 다음 차례.
* 게바라 나오게 : 기어 나오게.
* 앙이 나오믄 : 아니 나오면.
* 깃고대 : 옷깃의 뒤쪽.
* 문척 : 무르고 연한 물건 따위가 조금만 건드려도 뚝 끊어지거나 잘라지는 모양.
* 검부러기 : 검불(마른 나뭇가지, 마른 풀, 낙엽 따위)의 부스러기. 이 작품이 처음 발표될 때 제목이 '검부러기'였다.

닭제(祭)

　소년은 수탉 한 마리를 기르고 있었다. 늙은 수탉은 모가지에 온통 붉은 살을 드러내 놓고 있었다. 그저 꼬리와 날갯죽지 끝에 윤기 없는 털이 남아 있을 뿐이었다. 볏도 거무죽죽하게 졸아들어 생기가 없었다. 이제는 소년이 손짓해 밖으로 데리고 나가지도 않으니까, 수탉은 뜰 안에서만 발톱 없는 다리로 휘뚝거리며 소년을 따라다녔다. 소년이 밖에 나가고 없으면 수탉은 응달을 찾아 혼자 졸기만 했다.

　그날은 소년과 함께 응달에 앉아 있었다. 소년은 늙은 수탉의 목을 쓸어 주고 그새 더 드러난 등의 붉은 살을 애처롭게 쓰다듬어 주었다. 수탉은 또 오래간만에 받는 소년의 애무를 죽지를 떨면서 받고 있었다.

　마침 동네 반수 영감이 그 앞을 지나다가, 그 닭 어서 잡아나 먹어야지 그렇지 않았다가는 이제 뱀이 돼 나갈 거라고 했다. 소년은 얼른 닭의 목에서 손을 떼었다. 반수 영감은 얼굴에 주름을 잡으며, 아마 이제는 울지도 못할 것이라고 알아맞히고 나서, 벌써 목은 뱀 허리같이 되지 않았느냐 하고는 뒷짐을 지고 가 버렸다.

소년은 수탉의 목을 지켜보다가 처마 밑으로 고개를 들었다. 거기에는 새끼를 깐 제비집이 있었다. 며칠 전에 제비들이 야단을 쳐서 나와 보니 뱀이란 놈이 제비집을 노리고 기둥을 기어 올라가고 있었다. 그것을 소년의 아버지가 가랫날로 뱀의 허리를 찍어 냈다. 그 제비집이 지금은 어미가 먹이를 물러 나가고 새끼들만 노란 주둥이를 밖으로 내민 채 조용하였다.

소년은 사실 뱀의 허리같이 된 수탉의 모가지를 다시 내려다보면서 이 수탉이 뱀이 되어 제비집으로 올라가는 일이 있어서는 안 된다고 머리를 옆으로 젓고는 뜰 구석으로 가 새끼 오라기*를 집어 들었다. 그리고 수탉에게 손짓해 밖으로 데리고 나갔다. 늙은 수탉은 이 또한 오래간만에 휘뚝거리는 다리로 소년의 뒤를 따르는 것이다.

소년은 동구 밖 갈밭에 이르렀다. 마을에서는 이곳에 큰 구렁이가 산다고들 했다. 장마철 붉은 강물에 떠내려오던 구렁이가 갈밭으로 들어가는 것을 보았다는 사람이 한둘이 아니었다. 흐린 날 밤 어른들은 아이들에게 갈밭 쪽에서 똘똘똘똘거리는 소리를 구렁이 우는 소리라고 일러 주곤 하였다. 그리고 늦가을에 갈대를 다 베고 난 자리에는 구렁이 구멍이 나 있곤 하였다.

    말똥을 풀어 넣으면 구렁이가 나온다고 하면서도 아이들은 여태까지 어른들이 한 번도 그렇게 하는 것을 본 적은 없었다. 구렁이가 봄에 구멍에서 기어 나와 거기 사리고 있을지도 모르는 갈밭 속을 소년은 두 손으로 헤치며 수탉을 데리고 들어갔다.

    갈대가 꽤 많이 밑으로부터 꺾여 넘어져 있는 곳에서 소년은 서고 말았다. 빨간 댕기 하나가 거기 떨어져 있었다.

댕기는 마을 반수 영감의 증손녀가 흘린 거였다. 반수 영감의 증손녀는 벌써부터 동네 교사의 조카와 이곳에서 만나고 있었다. 소년은 들고 온 새끼로 수탉의 목을 매기 시작하였다. 늙은 수탉은 처음에는 이 역시 소년의 애무인 줄만 알고 날갯죽지를 떨었다. 그러다가 소년이 목에 맨 새끼를 죄니까 한 번 크게 죽지를 떨고는 꼼짝 않고 말았다. 소년은 죽은 수탉을 댕기 옆에 버리고 엉킨 갈밭을 헤치고 나왔다.

그러고는 단숨에 집까지 뛰었다. 집에 와서는 제비집이 있는 처마 밑 기둥에 얼굴을 비비며 울기 시작하였다.

소년의 부모가 들에서 돌아와 소년의 사뭇 창백해진 얼굴을 보고는 놀라고 겁나 했다.

소년은 그날부터 자리에 눕고 말았다. 소년의 부모는 여러 가지로 소년에게 어디가 아프냐고 물었으나, 소년은 아무 데도 아픈 데는 없다고 고개를 저을 뿐이었다. 그러나 소년은 곧잘 무엇에 깜짝깜짝 놀라고 조 그만 두 손바닥으로 얼굴을 가리고는 달달 떨곤 했다. 그리고 때로는 문을 열어젖히고는 먹이를 받아먹으면서 지지거리는 제비집을 쳐다보는 것이었다. 그러는 소년은 날로 몸이 여위어 갔다.

하루는 반수 영감이 소년의 집에 들렀다가, 늙은 수탉은 어떻게 했느냐고, 잡아먹었느냐고 하며, 눈곱 낀 눈으로 뜰 구석을 살피었다. 소년의 부모는 글쎄 며칠 전부터 뵈지 않는다고 하면서, 그러나 그런 것은 아무래도 좋다는 듯이 누워 있는 소년에게로 눈을 돌렸다.

반수 영감은 그럴 줄 알았다고, 소년이 이렇게 앓아누운 것은 다름 아닌 그 늙은 수탉이 종내 뱀이 돼 가지고 독기를 소년에게 뿜기 때문이라고 했다.

소년의 어머니가 겁먹은 음성으로, 그럼 어떻게 하면 좋으냐고, 늙은 닭이 흉하다더니 종시 이 모양이 됐다고, 치맛자락으로 얼굴을 가리고 소리 없이 울기 시작하는 것이었다.

소년의 아버지는 아내더러 왜 이리 사위를 떠느냐고 하면서도 역시 자기도 마음이 언짢아 눈살을 찌푸렸다.

반수 영감은 소년의 부모를 밖으로 내보낸 후, 소년의 이모부더러 복숭아나무 가지를 꺾어 오게 했다. 그리고 반수 영감은 대에 담배를 붙여 물고 힘껏 빨아서는 소년의 얼굴에 내뿜기 시작했다. 소년은 눈을 감은 채 생담뱃내에 못 이겨 캑캑거리면서 고개를 이리저리 내둘렀다. 그러면 반수 영감은 이것이 소년의 몸속에 든 뱀의 독기가 담뱃내에 못 이겨 그러는 거라고 하면서, 내두르는 소년의 고개를 따라 생담뱃내를 자꾸 내뿜는 것이었다. 그러다가 소년이 숨이 막혀 까무러치듯 하니까 반수 영감은 담뱃내 뿜던 것을 멈추고 곁의 소년의 이모부더러 복숭아나무 가지로 소년의 몸을 갈기라는 것이었다. 소년이 이번에는 복숭아나무 가지 매질에 몸을 비틀라치면 반수 영감은 소년의 몸속에 든 뱀의 독기가 담뱃내에 혼이 나 어쩔 줄 모르다가 복숭아 기운에 잠시 깨어난 것이라고 했다.

삽시간에 소년의 가는 몸에는 복숭아나무 가지 매 자국이 푸르게 늘어나갔다. 소년의 부모는 밖에서 매 때리는 소리가 날 때마다 흠칫흠칫 놀라며 가슴을 떨었다.

마침 동네 교사가 모여선 구경꾼들한테서 반수 영감이 담뱃내로 소년의 몸속에 든 뱀의 독기를 풀고 있다는 말을 듣고 방 안으로 들어와 반수 영감과 소년의 이모부를 소년에게서 떼어 놓았다.

교사는 그냥 눈을 감고 숨차 하는 소년의 이마와 인중에 침을 주기 시작했다. 어느새 교사의 곁에 와 웅크리고 앉았던 소년의 어머니가 치맛고름으로 소년의 이마와 코밑에 내밴 피를 훔치다가, 소년이 눈을 뜨니까 그 성이 기쁘고 신기로워 다시 소리 없는 울음을 우는 것이었다. 소년의 아버지도 소년에게 얼굴을 가까이 가져다 대고 자기가 누군지 알겠느냐고 했다. 소년이 고개를 끄덕였다. 그러고는 둘러선 동네 사람들을 둘러보고 나서 곧 눈을 처마 밑 제비집으로 가져가며 작은 소리로, 언제쯤 제비 새끼가 날게 되느냐고 했다. 소년의 어머니는 소년이 헛소리를 한다고 새로운 눈물을 자꾸만 흘렸다.

반수 영감은, 그까짓 신통치 않은 침질로 무엇이 낫겠느냐고 중얼거리며 쓴 담배만 빨아 삼키고 있었다.

소년은 나날이 더 수척해만 갔다. 그리고 소년의 부모가 이 사람 저 사람의 말을 듣고 여러 가지 약을 써 보았으나, 때때로 깜짝깜짝 놀라며 작은 손으로 얼굴을 가리고 달달 떠는 증세는 멎지 않았다.

그러한 어느 날, 그러니까 다 큰 제비 새끼 다섯 마리가 머리를 밖으로 내밀고 먹이를 기다리던 날 오후, 소년은 마침 부모가 들에 나가고 없는 틈을 타 집을 나섰다. 그리고 소년은 흡사 늙은 수탉이 휘뚝이듯이 휘뚝거리는 걸음으로 동구 밖 갈밭까지 갔다. 갈꽃이 피기 시작하고 있었다. 소년은 무성한 갈대 잎에 손등과 목이 긁히는 줄도 모르고 수탉을 목매어 던진 곳으로 들어갔다. 거기 늙은 수탉이 그냥 새끼에 목이 맨 채로 있는 것을 보고야 핼쑥한 얼굴이 안심된 빛을 띠었다. 그러나 다음 순간, 소년은 그 이상 더 몸을 가눌 힘을 잃고 그 자리에 쓰러지고 말았다.

죽은 수탉의 가슴패기와 날갯죽지 밑은 벌써 썩어 구더기가 들끓고 있었다. 파란 쉬파리가 어디선가 날아와 소년의 얼굴에 잘못 앉았다가는 썩은 수탉에게로 옮겨 앉곤 하였다.

소년의 집에서는 소년이 온데간데없어져 야단법석이었다. 동네 사람들이 곧 몰려왔으나 물론 누구 하나 소년을 본 사람은 없었다.

동네 사람들 틈에 끼어 반수 영감은 또, 분명히 이번에는 재 너머에 있는 못에 소년이 빠졌기 쉽다고 했다. 못은 갈밭과는 반대편에 있는 재를 하나 넘어야 하는 곳에 있었다. 두꺼운 이끼가 앉은 수면은 언제나 짙은 녹색을 발하고 있었다. 그리고 못 밑 감탕흙 속에는 여러 해 묵은, 이제 용이 돼 가는 미꾸라지가 파묻혀 있으리라는 것이 마을 어른들의 공론이었다. 못은 언제나 무겁게 잠잠하였고, 그저 소나기나 밀려와야 둔한 연잎이 재를 넘은 마을의 미루나무보다 큰 빗소리를 낼 정도였다.

　　어느 그렇게 비가 내리는 날 저녁, 마을에서는 나물 캐러 갔던 한 소녀
가 없어져 며칠 뒤에야 흰 배를 수치스러운 줄도 모르고 드러내 놓은 채,
이 못물 위에 떠 있는 것을 발견한 일이 있었다. 반수 영감은 그때도 못
속의 용 돼 가는 미꾸라지가 소녀를 호린 거라고 했다.

비 내리는 밤에는 지금도 못가에서 소녀가 빨래를 하면서 통곡한다는 말이 마을에 떠돌고 있었다. 반수 영감은, 이번에 소년이 못에 빠진 것은 용 돼 가는 미꾸라지의 장난이 아니고, 소녀 귀신이 혼자 있기 적적해서 호려 갔음에 틀림없다고 했다. 이 말에 동네 사람들은 그럴지도 모른다고 고개를 주억거렸다.

동네 어른들이 각기 장대 하나씩을 들고 나왔다. 소년의 아버지도 장대를 쥐고 못 있는 데로 달려갔다. 소년의 어머니가 자기도 가 못에 빠져 죽어 버리고 말겠다는 것을 소년의 이모와 동네 아낙네들이 겨우 붙잡아 말렸다. 그러자 소년의 어머니는 동네 한 여인의 어깨에 매달려 소리 내어 울기 시작하였다.

마침 교사가 와서 동네 사람들이 못으로들 달려갔다는 말을 듣고는, 기운 없는 애가 어떻게 그곳까지 갈 수 있느냐고 하면서, 남은 동네 청년 몇 명을 데리고 마을 안을 뒤지기 시작했다. 그러면서 점점 동네 밖으로 나가던 한 청년이 동구 밖 갈밭머리에 새로 꺾인 갈대를 보고 그리로 따라 들어가 거기 쓰러져 있는 소년을 찾아내었다. 소년의 어머니가 먼저 달려와 소년을 쓸어안고 미처 울음소리도 못 내고 흑흑거리기만 하였다.

소년의 이모가 눈을 뜬 소년에게 여기가 어딘지 아느냐고 물었다. 소년은 겨우 고개를 끄덕이고 나서 옆의 썩은 수탉에게로 눈을 돌렸다.

썩은 수탉 몸에 들끓는 구더기들이 물낡은 반수 영감 증손녀의 댕기에도 가 기어 다녔다. 그동안 반수 영감의 증손녀와 교사의 조카는 소년이 목맨 수탉을 갈밭에 버린 다음부터는 재 너머 못으로 가는 길 안쪽에 있는 기왓가마로 비밀한 자리를 옮겨 만나고 있었다.

교사가 새끼 오라기 끝을 잡아드니까, 썩은 수탉의 목이 새끼 맨 짬에서 문드러졌다. 소년은 깜짝 놀라 어머니의 가슴에 얼굴을 묻고 온몸을 떨었다.

교사가, 소년의 병은 자기가 기르던 늙은 수탉이 죽으니까 목을 매 갈 밭에 버리고 나서 그 심화로 생긴 병이라고 하면서, 다른 수탉 한 마리를 사다 주면 나으리라고 하였다. 소년의 이모부가 곧 기왓가마 앞을 지나고 못 뒤를 돌아 장터로 가서 큰 얼룩수탉 한 마리를 사 안고 왔다. 안긴 채 수탉은 목을 뽑고 높이 울었다. 그러나 소년은 잠깐 눈을 떠 볏 붉은 얼룩수탉에게 한 번 눈을 주었을 뿐 돌아누워 처마 밑 제비 새끼를 쳐다보면서, 제비 새끼가 언제쯤 날게 되느냐고 했다. 소년의 어머니는 또 헛소리를 한다고 치맛귀를 물어뜯으며 소리 없이 울기 시작하였다.

반수 영감은 그까짓 교사 놈이 뭘 안다고 그러는지 모르겠다고 하면서 쓴 담배만 빨아 삼키고 있었다.

소년은 그냥 몸이 야위어만 가며, 무엇에 깜짝깜짝 놀라고 작은 손바닥으로 얼굴을 가리고 달달 떨곤 하는 동안에 동네에서는 교사의 조카와 반수 영감의 증손녀가 안개 심한 밤을 타서 도망을 갔다. 반수 영감은 이런 망신이 없다고, 더구나 교사의 조카 같은 녀석하고 달아난 것이 원통하다고 하면서, 얼마 동안은 밖에 나오지도 않았다. 그러다가 하루는 반수 영감이, 자기 증손녀가 역시 무던하기는 하다고 하며, 그래도 증조부 자기를 잊지 않고 겨우살이 한 벌을 보냈더라고 하면서, 뒷짐을 지고 온 동네로 다니며 소문을 놓았다. 그러나 누구 하나 반수 영감의 새 겨우살이 온 것을 구경한 사람은 없었다.

동구 밖 갈밭의 흰 꽃이 남김없이 다 패고*. 다섯 마리 제비 새끼가 축 가지* 않고 완전히 날 수 있던 날, 소년은 그 제비들을 내다보며 미소를 얼굴 가득히 띠었다. 소년의 얼굴을 지키고 있던 소년의 부모와 이모는 지금 소년이 마지막 웃음을 웃는다고 막 소리 내어 울음을 터뜨렸다.

* 오라기 : 실, 헝겊, 종이, 새끼 따위의 길고 가느다란 조각.
* 패다 : 곡식의 이삭 따위가 나오다.
* 축가다 : 축나다.

달과 발과

새끼 게는 늘 즐거웠습니다.

보료같이 보드라운 물이끼가 깔린 바위 위에서 동무들과 뒤놀기도* 하고, 햇빛이 화사하게 내리쬐는 강기슭에 나가 해바라기를 하기도 합니다.

새끼 게는 또한 물속 마름 밑에 가 엎드려 오가는 물고기들을 구경하길 좋아합니다. 생김새도 어쩌면 그리 가지각색인지. 몸매가 둥글넓적한 것, 아주 납작한 것, 길고 날씬한 것, 입이 크게 째진 것…….

구경을 하고 있으면 송사리 떼들이 그 조그만 주둥이로 새끼 게를 와 쫍니다. 하는 대로 내버려 두다가 눈을 쪼는 놈이 있을 땐 가위를 들어 무는 시늉을 합니다. 송사리 떼들이 조르르 달아나 버립니다. 시간 가는 줄도 모르고 이런 장난을 새끼 게는 되풀이합니다.

새끼 게는 언제나 명랑했습니다.

허물 벗음. 그동안 안으로 이룩돼 오던 새끼 게의 새 몸이 낡은 등딱지를 젖히고 나왔습니다. 굳지 않아 말랑거리는 살갗에 와 닿는 물의 감촉이 간지럽도록 생생했습니다.

구멍 밖으로 나섰습니다. 여릿여릿 동작은 빨리할 수 없었으나 더없이 흡족한 느낌이 새끼 게에겐 들었습니다.

전과 다름없는 것들이지만 새로운 기분으로 둘러보며 걷고 있었습니다. 그때 마침 지나가던 자라 새끼 한 마리가 이런 말을 하는 것을 새끼 게는 들었습니다.

"짜식, 고나마 모로 기는 것도 제대로 못 기는구나."

새끼 게는 한참 그게 무슨 소린 줄을 몰랐습니다. 말뜻을 알고서 자라 새끼의 걸음걸이를 유심히 바라보았습니다. 그리고 자기도 조심히 걸어 보았습니다. 사실 자기의 걸음은 이상했습니다.

구멍 속에 들어박혀 생각을 해 보고 또 생각을 해 보았습니다.

왜 나는 모로 기어 다녀야 하나. 물고기들처럼 휙휙 마구 헤엄쳐 다니지는 못한다 하더라도 왜 하필이면 모로밖에 기어 다니지 못하는 것일까.

아무리 생각해도 창피스럽기만 했습니다.

마침내 엄지 게를 찾아가 물어보기로 했습니다.

엄지 게는 어이없는 듯 헛웃음을 웃고 나서,

"어디 너만 그러냐?"

그도 그렇다고 깨달은 새끼 게는,

"그럼 우리들은 왜 모두 모로 기어 다녀야 해요?"

"그야 조상들이 그랬으니 우리들두 그러는 거지."

그것으로는 마음이 마뜩하지가 않았습니다.

다른 엄지 게를 찾아갔습니다.

그 엄지 게는 새끼 게의 말을 듣자 대뜸,

"괜헌 소리! 가서 동무들허구 놀기나 해!"

그리고 새끼 게가 더 무슨 말을 하려 하자 엄지 게는 큼직한 발로 우악
스럽게 새끼 게의 몸을 움켜잡더니 뒤로 자빠뜨려 놓는 것이었습니다.

여린 몸을 한참 바둥거리다 일어났습니다. 그러자 엄지 게는 다시 좀 전처럼 자빠뜨려 놓습니다. 이렇게 애써 일어나면 자빠뜨리고 일어나면 자빠뜨리고……. 종내 새끼 게는 기진맥진하여 배꼽을 위로 내놓고 자빠진 채 울음을 터뜨리고 말았습니다. 그러나 엄지 게는 붙들어 일으켜 줄 염*도 않고 돌아서 자기 구멍으로 들어가 버리는 것이었습니다.

새끼 게는 그 엄지 게가 무서웠습니다. 그리고 세상이 무서워졌습니다. 울음을 그쳤습니다.

새끼 게는 상류를 향해 걷고 또 걸었습니다. 연한 발톱이 아리고 쓰라렸지만 그냥 걸었습니다. 멀리 떨어져 혼자가 되고 싶었습니다.

얼마나 왔을까. 양쪽 둑에 갯버들이 무성한 곳에 이르렀습니다.
혼자 살 만한 고장 같았습니다.

으슥한 갯버들 밑동 옆에 힘들여 구멍을 파 집을 만들었습니다. 그러
고는 고단해 곯아떨어져 잠이 들었습니다.

밤중에 누군가가 몸을 건드려 눈을 떴습니다.

"나 좀 재워 줘."

계집애 장어였습니다.

"넌 집이 없니?"

"바위틈이 싫어서 그래. 날 좀 여기 있게 해 줘."

그런데 장어 계집애는 가만히 자지를 않고 허리를 이리저리 휘저으며
그 미끈거리고 끈적거리는 몸을 비비대는 것입니다.

"좀 가만히 있지 못해?"

"응, 그럴게."

그러나 다음 날도 장어 계집애는 아침에 나갔다 밤늦게야 들어와서는
슬쩍슬쩍 몸을 비비대곤 하는 것이었습니다. 견딜 수가 없었습니다.

"날 건드리지 말래두."

그러자 장어 계집애는 해롱거리면서,

"그렇게두 싫니?"

그러고는 어처구니없게도,

"그지 말고 그 가위루 여길 좀 물어 줘."

하며 허리를 꾸부려 들이대는 것이었습니다.

한번 혼을 내주리라고 가위로 힘껏 물었습니다. 그러나 매끄러워 가위 밖으로 빠져 나갔습니다. 장어 계집애는 킬킬대며 좀 더 단단히 물어 달라고 조르는 것이었습니다. 새끼 게는 한옆에 몸을 움츠리고 뜬눈으로 새우다시피 했습니다.

다음 날 그곳을 떠나기로 했습니다.

다시 걷고 걸어 강이 두 갈래로 갈리는 데까지 이르렀습니다. 앞에 산이 막아서면서 산 왼쪽으로 벌판을 끼고 올라간 본줄기와 산 오른쪽 가장자리를 타고 접어든 샛강이 갈라져 있었습니다.

샛강으로 들어섰습니다.

얼마 가지 않아 샛강은 좁아져 갔습니다. 거기 따라 바닥도 모래보다는 조약돌이 많아져 갔습니다. 드디어 맑고 깨끗하고 찬 물이 소리를 내며 흐르는 계곡에 다다랐습니다.

날도 저물고 하여 거기 한 큰 돌 밑을 찾아 들어갔습니다. 그러나 세차게 면상을 걷어채었습니다. 한 놈이 아니고 두세 놈이 연신 그러는 것입니다.

다른 돌 틈을 찾아가 보았으나 역시 가재란 놈한테 걷어채어 쫓겨나곤 했습니다.

하는 수 없이 한 데서 쪼그린 채 별을 보다가 잠이 들었습니다.

다음 날 일찍 일어난 새끼 게는 다시 위로 걸어 올라갔습니다.

얼마를 가다 물소리가 커지기에 보니 꽤 높이 둔덕진 곳에서 물이 떨어져 내리고 있었습니다.

가까이 가 물 떨어지는 밑으로 들어가 보았습니다. 잔등 위로 빠르게 떨어지는 물을 받는 것이 시원했습니다.

한참을 그러고 있으려니까 물 아닌 것이 잔등에 와 떨어지는 게 있었습니다. 피라미 새끼들이었습니다. 고것들이 기를 쓰고 밑에서 뛰어올라 둔덕진 위까지 가려다가는 미치지 못하고 도로 떨어져 내려오곤 하는 것입니다. 그런데 물살 새로 자세히 보니 간혹 한 놈씩 위까지 넘어 오르기도 합니다.

나도 한번 올라가 봐야지. 둔덕의 안쪽 벽을 타고 새끼 게는 기어오르기 시작했습니다. 쉬운 일이 아니었습니다. 가까스로 물살이 제일 센 꼭대기 근처까지 가서는 밀려 떨어지고 말았습니다. 자꾸 거듭해 보았으나 번번이 실패였습니다. 어떤 땐 처음만큼도 못 올라가 미끄러지기도 했습니다. 날은 어두워 오는데 새끼 게는 지치고 말았습니다.

집을 만들 곳도 없고 가재에게 사정하기도 싫었습니다. 어디고 마음먹은 대로 되는 일은 하나도 없었습니다. 새끼 게는 그만 흐르는 물에 몸을 맡겨 버렸습니다.

채 완전히 굳지 않은 몸이 돌부리에 부딪치곤 했으나 아픈 줄을 몰랐습니다. 단지 모든 것에 졌다는 생각만이 가슴 가득했습니다. 볼품없이 져서 자빠진 채 버둥거리는 자신의 모습이 눈앞에서 자꾸자꾸 커져 가는 것이었습니다.

살던 곳에 돌아오니 잠자리는 편했으나 그전과 같은 새끼 게는 아니었습니다.

다시는 보료가 깔린 듯한 바위에서 동무들과 논다든지, 햇살 고운 강 기슭에 나가 해바라기를 즐기는 일도 없어졌고, 마름 밑에서 물고기들 오가는 구경을 하며 송사리 떼와 장난치는 일도 하지 않게 되었습니다.

되도록 아무와도 어울리지 않으려 마음 썼습니다. 더구나 그 우악스럽게 심술궂은 엄지 게와는 만나지 않도록 피해 가며 살았습니다.

먹을 것을 못 먹는 것도 아닌데 어쩐지 새끼 게는 여위어만 갔습니다.

그날 밤 새끼 게는 강둑 수수밭의 한 이삭에 올라가 있었습니다.

이따금 바람이 좀 세게 불어 왔습니다. 그때마다 수숫대가 흔들리며 잎이 와삭와삭 소리를 냅니다.

동녘이 환해지면서 달이 떠올랐습니다. 처음 보는 희고 큰 달이었습니다. 마치 하늘에 큰 구멍이 뚫린 것만 같았습니다. 정말 저만한 구멍을 하늘에 뚫고 그 속에서 살았으면.

수숫잎이 와삭거리며 바람이 불어왔습니다. 수수알 뜯어 먹을 것도 잊고 정신없이 달만 바라보고 있던 새끼 게는 그만 붙들고 있던 수수이삭을 놓쳐 밑으로 곤두박질치고 말았습니다.

온몸이 걸려 한참 옴쭉을 할 수가 없었습니다.

그러는 새끼 게의 귀에는 사방에서 후후후 비웃는 소리가 들리는 것 같았습니다.

날로 물속이 맑고 투명해져 갔습니다.

온갖 물고기들의 살갗에 윤기가 돌았습니다.

같은 게들도 모두 몸이 올차졌습니다.

그 속에서 새끼 게의 모양만이 초라해 보였습니다.

혼자 쓸쓸히 강바닥을 가다가 새끼 게는 한자리에서 오므작거리는 지렁이 한 마리를 발견했습니다.

다가가 좀 먹고 있는데 어찌 된 영문인지 지렁이가 칙 위로 올라가는 것이었습니다. 그와 함께 지렁이를 물고 있던 새끼 게의 몸도 위로 솟구쳐 오르는 게 아니겠습니까. 어느 날쌘 물고기 못잖게 헤엄쳐 올라가는 느낌이었습니다.

몸이 물 밖에 나서며 햇볕이 눈부셨는가 하자 둑에 서 있는 사람이 눈에 비쳤습니다. 깜짝 놀라 물었던 것을 놓았습니다. 정신이 아찔했습니다. 배를 위로 하고 둑 기슭에 떨어졌던 것입니다.

사람이 손을 내밀며 달려들었습니다. 새끼 게는 발딱 몸을 일으키기가 무섭게 한 옆으로 달리다가 잽싸게 반대편으로 방향을 바꾸어 물속으로

들어갔습니다. 새끼 게는 자신도 상상 못 했던 숙달된 동작들이었습니다.

"에이 재수 없다!"

사람이 투덜거렸습니다.

물속 깊이 달려간 새끼 게는 숨을 돌리며 실로 오랜만에 미소를 지었습니다. 모로 기지 않았던들 잡히고 말았겠지.

그러자 새끼 게에게는 생각나는 게 있었습니다. 언젠가 엄지 게가 자

기를 자꾸만 뒤로 자빠뜨려 놓던 일. 그때 엄지게가 자기를 괴롭힌 뜻이 문득 지금까지와는 다르게 새겨지는 것이었습니다.

새끼 게는 또 한 번 미소를 지었습니다.

이 새끼 게가 겨울을 날 고장으로 옮겨 가기 전 어느 날, 그만 양쪽 발을 몽땅 잃게 되었습니다. 구멍을 쑤셔 잡으러 온 사람한테였습니다.

영락없는 하나의 돌조각이 되어 버리고 말았습니다.

정말 새끼 게는 움직임을 잃은 돌조각이었으나 그러나 생각할 수는 있었습니다. 오히려 어느 때보다도 더 많은 것을 생각할 수 있었습니다.

새끼 게에게는 바위에 깔린 물이끼의 보드라운 촉감이 만져졌습니다.

거품 방울마다 어린 무지개의 색깔이 차례로 무늬져 비쳐 왔습니다.

마름 밑에서 구경하던 물고기들의 생김새가 하나하나 떠올라 왔습니다.

상류 산골짜기 낙수터에서 기어오르다 떨어지고 기어오르다 떨어지고 하는 자기의 지친 꼴이 눈앞에 다가왔습니다.

그리고 모든 것에 졌다는 생각만으로 가득 차 흐르는 물에 몸을 내맡겼던 일이 되살아왔습니다.

이 모두가 그 당시보다 더 선명하게 새겨져 오는 것이었습니다.

그러나 새끼 게는 지금 생각합니다. 난 정말 진 걸까?

사람이 새끼 게의 발을 떼어 간 뒤로 휑하니 넓어진 구멍 밖에 스산한 비가 뿌리고 있었습니다. 밤이었습니다.

게들이 겨울을 나기 위해 강 아래로 내려가는 기척이 들려왔습니다.

누가 하나 구멍 안으로 들어섰습니다.

"모두 아래루들 내려간다. 넌 안 갈래?"

전의 그 엄지 게였습니다.

새끼 게는 눈을 감고 잠자코 있었습니다.

엄지 게는 흠칫 놀라 그 자리에 서는 눈치더니 조금 만에 발을 내밀어 새끼 게의 몸을 흔들어 보는 것이었습니다. 그리고 혼잣말을 중얼거리는 것이었습니다.

"아니, 죽어 껍데기만 남았군. 에잇 못난 놈!"

새끼 게는 눈을 내리감은 채 잠잠히 있었습니다.

엄지 게가 간 뒤 구멍 밖에서는 여전히 빗소리에 섞여 게들이 강 아래로 옮겨 가는 기척이 들려왔습니다.

새끼 게에게는 보였습니다. 흐르는 물에 떠서, 혹은 강바닥을 기어서 내려가는 게들의 모양이. 그 기어서 내려가는 속에 예의 엄지 게가 끼어 있었습니다.

그리고 새끼 게에게는 확연히 보였습니다. 그 엄지 게 옆에 같이 기어 내려가고 있는 자신의 모습이. 모로 기는 걸음걸이였습니다.

※ 뒤놀다 : 정처 없이 여기저기 돌아다니다.
※ 염 : 무엇을 하려는 생각.

소나기

　소년은 개울가에서 소녀를 보자 곧 윤 초시네 증손녀딸이라는 걸 알
수 있었다. 소녀는 개울에다 손을 잠그고 물장난을 하고 있는 것이다. 서
울서는 이런 개울물을 보지 못하기나 한 듯이.

　벌써 며칠째 소녀는 학교에서 돌아오는 길에 물장난이었다. 그런데 어
제까지 개울 기슭에서 하더니, 오늘은 징검다리 한가운데 앉아서 하고
있다.

　소년은 개울둑에 앉아 버렸다. 소녀가 비키기를 기다리자는 것이다.

　요행 지나가는 사람이 있어, 소녀가 길을 비켜 주었다.

　다음 날은 좀 늦게 개울가로 나왔다.

　이날은 소녀가 징검다리 한가운데 앉아 세수를 하고 있었다. 분홍 스

웨터 소매를 걷어 올린 목덜미가 마냥 희었다.

한참 세수를 하고 나더니, 이번에는 물속을 빤히 들여다본다. 얼굴이라도 비추어 보는 것이리라. 갑자기 물을 움켜 낸다. 고기 새끼라도 지나가는 듯.

소녀는 소년이 개울둑에 앉아 있는 걸 아는지 모르는지 그냥 날쌔게 물만 움켜 낸다. 그러나 번번이 허탕이다. 그대로 재미있는 양, 자꾸 물만 움킨다. 어제처럼 개울을 건너는 사람이 있어야 길을 비킬 모양이다.

그러다가 소녀가 물속에서 무엇을 하나 집어낸다. 하얀 조약돌이었다. 그리고는 벌떡 일어나 팔짝팔짝 징검다리를 뛰어 건너간다.

다 건너가더니만 홱 이리로 돌아서며,

"이 바보."

조약돌이 날아왔다.

소년은 저도 모르게 벌떡 일어섰다.

단발머리를 나풀거리며 소녀가 막 달린다. 갈밭 사잇길로 들어섰다. 뒤에는 청량한 가을 햇살 아래 빛나는 갈꽃뿐.

이제 저쯤 갈밭머리로 소녀가 나타나리라. 꽤 오랜 시간이 지났다고 생각됐다. 그런데도 소녀는 나타나지 않는다. 발돋움을 했다. 그리고도 상당한 시간이 지났다고 생각됐다.

저쪽 갈밭머리에 갈꽃이 한 옴큼 움직였다. 소녀가 갈꽃을 안고 있었다. 그리고, 이제는 천천한 걸음이었다. 유난히 맑은 가을 햇살이 소녀의 갈꽃머리에서 반짝거렸다. 소녀 아닌 갈꽃이 들길을 걸어가는 것만 같았다.

소년은 이 갈꽃이 아주 뵈지 않게 되기까지 그대로 서 있었다. 문득, 소녀가 던진 조약돌을 내려다보았다. 물기가 걷혀 있었다. 소년은 조약돌을 집어 주머니에 넣었다.

다음 날부터 좀 더 늦게 개울가로 나왔다. 소녀의 그림자가 뵈지 않았다. 다행이었다.

그러나 이상한 일이었다. 소녀의 그림자가 뵈지 않는 날이 계속될수록 소년의 가슴 한구석에는 어딘가 허전함이 자리 잡는 것이었다. 주머니 속 조약돌을 주무르는 버릇이 생겼다.

그러한 어떤 날, 소년은 전에 소녀가 앉아 물장난을 하던 징검다리 한가운데에 앉아 보았다. 물속에 손을 잠갔다. 세수를 하였다. 물속을 들여다보았다. 검게 탄 얼굴이 그대로 비치었다. 싫었다.

소년은 두 손으로 물속의 얼굴을 움키었다. 몇 번이고 움키었다. 그러다가 깜짝 놀라 일어나고 말았다. 소녀가 이리로 건너오고 있지 않느냐.

'숨어서 내가 하는 일을 엿보고 있었구나.'

소년은 달리기 시작했다. 디딤돌을 헛짚었다. 한 발이 물속에 빠졌다. 더 달렸다.

몸을 가릴 데가 있어 줬으면 좋겠다. 이쪽 길에는 갈밭도 없다. 메밀밭이다. 전에 없이 메밀꽃내가 짜릿하게 코를 찌른다고 생각됐다. 미간이 아찔했다. 찝찔한 액체가 입술에 흘러들었다. 코피였다. 소년은 한 손으로 코피를 훔쳐 내면서 그냥 달렸다. 어디선가 '바보, 바보.' 하는 소리가 자꾸만 뒤따라오는 것 같았다.

토요일이었다.

개울가에 이르니 며칠째 보이지 않던 소녀가 건너편 가에 앉아 물장난을 하고 있었다.

모르는 체 징검다리를 건너기 시작했다. 얼마 전에 소녀 앞에서 한 번 실수를 했을 뿐, 여태 큰길 가듯이 건너던 징검다리를 오늘은 조심스럽게 건넌다.

"얘."

못 들은 체했다. 둑 위로 올라섰다.

"얘, 이게 무슨 조개지?"

자기도 모르게 돌아섰다. 소녀의 맑고 검은 눈과 마주쳤다. 얼른 소녀의 손바닥으로 눈을 떨구었다.

"비단조개."

"이름두 참 곱다."

갈림길에 왔다. 여기서 소녀는 아래대*로 한 삼 마장*쯤, 소년은 우대*로 한 십 리 가까잇길을 가야 한다.

소녀가 걸음을 멈추며,

"너, 저 산 너머에 가 본 일 있니?"

벌 끝을 가리켰다.

"없다."

"우리 가 보지 않을래? 시골 오니까 혼자서 심심해 못 견디겠다."

"저래 봬두 멀다."

"멀믄 얼마나 멀갔게? 서울 있을 땐 사뭇 먼 데까지 소풍 갔었다."

소녀의 눈이 금세 '바보, 바보.' 할 것만 같았다.

논 사잇길로 들어섰다. 벼 가을걷이하는 곁을 지났다.

허수아비가 서 있었다. 소년이 새끼줄을 흔들었다. 참새가 몇 마리 날아간다. '참, 오늘은 일찍 집으로 돌아가 텃논*의 참새를 봐야 할걸.' 하는 생각이 든다.

"아, 재밌다!"

소녀가 허수아비 줄을 잡더니 흔들어 댄다. 허수아비가 대고* 우쭐거리며 춤을 춘다. 소녀의 왼쪽 볼에 살포시 보조개가 패었다.

저만큼 허수아비가 또 서 있다. 소녀가 그리로 달려간다. 그 뒤를 소년도 달렸다. 오늘 같은 날은 일찍 집으로 돌아가 집안일을 도와야 한다는 생각을 잊어버리기라도 하려는 듯이.

소녀의 곁을 스쳐 그냥 달린다. 메뚜기가 따끔따끔 얼굴에 와 부딪친다. 쪽빛으로 한껏 갠 가을 하늘이 소년의 눈앞에서 맴을 돈다. 어지럽다. 저놈의 독수리, 저놈의 독수리, 저놈의 독수리가 맴을 돌고 있기 때문이다.

돌아다보니 소녀는 지금 자기가 지나쳐 온 허수아비를 흔들고 있다. 좀 전 허수아비보다 더 우쭐거린다.

논이 끝난 곳에 도랑이 하나 있었다. 소녀가 먼저 뛰어 건넜다.

거기서부터 산 밑까지는 밭이었다.

수숫단을 세워 놓은 밭머리를 지났다.

"저게 뭐니?"

"원두막."

"여기 참외 맛있니?"

"그럼. 참외 맛두 좋지만 수박 맛은 더 좋다."

"하나 먹어 봤으면."

소년이 참외 그루에 심은 무밭으로 들어가, 무 두 밑을 뽑아 왔다. 아직 밑이 덜 들어 있었다. 잎을 비틀어 팽개친 후, 소녀에게 한 밑 건넨다. 그러고는 이렇게 먹어야 한다는 듯이, 먼저 대강이를 한 입 베물어 낸 다음, 손톱으로 한 돌이* 껍질을 벗겨 우적 깨문다.

소녀도 따라 했다. 그러나 세 입도 못 먹고,

"아, 맵고 지려."

하며 집어던지고 만다.

"참, 맛없어 못 먹겠다."

소년이 더 멀리 팽개쳐 버렸다.

산이 가까워졌다.

단풍잎이 눈에 따가웠다.

"야아!"

소녀가 산을 향해 달려갔다. 이번은 소년이 뒤따라 달리지 않았다. 그러고도, 곧 소녀보다 더 많은 꽃을 꺾었다.

"이게 들국화, 이게 싸리꽃, 이게 도라지꽃……."

"도라지꽃이 이렇게 예쁜 줄은 몰랐네. 난 보랏빛이 좋아! ……근데, 이 양산 같이 생긴 노란 꽃이 뭐지?"

"마타리꽃."

소녀는 마타리꽃을 양산 받듯이 해 보인다. 약간 상기된 얼굴에 살포시 보조개를 떠올리며.

다시 소년은 꽃 한 옴큼을 꺾어 왔다. 싱싱한 꽃가지만 골라 소녀에게 건넨다.

그러나 소녀는,

"하나두 버리지 마라."

산마루께로 올라갔다.

맞은편 골짜기에 오순도순 초가집이 몇 모여 있었다.

누가 말한 것도 아닌데 바위에 나란히 걸터앉았다. 별로* 주위가 조용해진 것 같았다. 따가운 가을 햇살만이 말라 가는 풀 냄새를 퍼뜨리고 있었다.

"저건 또 무슨 꽃이지?"

적잖이 비탈진 곳에 칡덩굴이 엉키어 끝물 꽃을 달고 있었다.

"꼭 등꽃 같네. 서울 우리 학교에 큰 등나무가 있었단다. 저 꽃을 보니까 등나무 밑에서 놀던 동무들 생각이 난다."

소녀가 조용히 일어나 비탈진 곳으로 간다. 꽃송이가 많이 달린 줄기를 잡고 끊기 시작한다. 좀처럼 끊어지지 않는다. 안간힘을 쓰다가 그만 미끄러지고 만다. 칡덩굴을 그러쥐었다.

소년이 놀라 달려갔다. 소녀가 손을 내밀었다. 손을 잡아 이끌어 올리며, 소년은 제가 꺾어다 줄 것을 잘못했다고 뉘우친다.

소녀의 오른쪽 무릎에 핏방울이 내맺혔다. 소년은 저도 모르게 생채기에 입술을 가져다 대고 빨기 시작했다. 그러다가 무슨 생각을 했는지 획 일어나 저쪽으로 달려간다.

좀 만에 숨이 차 돌아온 소년은,

"이걸 바르면 낫는다."

송진을 생채기에다 문질러 바르고는 그 달음으로 칡덩굴 있는 데로 내려가, 꽃 많이 달린 몇 줄기를 이빨로 끊어 가지고 올라온다. 그러고는,

"저기 송아지가 있다. 그리 가 보자."

누렁 송아지였다. 아직 코뚜레도 꿰지 않았다.

소년이 고삐를 바투 잡아 쥐고 등을 긁어 주는 척 후딱 올라탔다. 송아

지가 껑충거리며 돌아간다.

소녀의 흰 얼굴이, 분홍 스웨터가, 남색 스커트가 안고 있는 꽃과 함께 범벅이 된다. 모두가 하나의 큰 꽃묶음 같다. 어지럽다. 그러나 내리지 않으리라. 자랑스러웠다. 이것만은 소녀가 흉내 내지 못할, 자기 혼자만이 할 수 있는 일인 것이다.

"너희 예서 뭣들 하느냐?"

농부 하나가 억새풀 사이로 올라왔다.

송아지 등에서 뛰어내렸다. 어린 송아지를 타서 허리가 상하면 어쩌느냐고 꾸지람을 들을 것만 같다.

그런데 나룻이 긴 농부는 소녀 편을 한 번 훑어보고는 그저 송아지 고삐를 풀어내면서,

"어서들 집으루 가거라. 소나기가 올라."

참 먹장구름 한 장이 머리 위에 와 있다. 갑자기 사면이 소란스러워진 것 같다. 바람이 우수수 소리를 내며 지나간다. 삽시간에 주위가 보랏빛으로 변했다.

산을 내려오는데 떡갈나무 잎에서 빗방울 듣는 소리가 난다. 굵은 빗방울이었다. 목덜미가 선뜩선뜩했다. 그러자 대번에 눈앞을 가로막는 빗줄기.

비안개 속에 원두막이 보였다. 그리로 가 비를 그을 수밖에.

그러나 원두막은 기둥이 기울고 지붕도 갈래갈래 찢어져 있었다. 그런

대로 비가 덜 새는 곳을 가려 소녀를 들어서게 했다. 소녀의 입술이 파랗게 질렸다. 어깨를 자꾸 떨었다.

무명 겹저고리를 벗어 소녀의 어깨를 싸 주었다. 소녀는 비에 젖은 눈을 들어 한 번 쳐다보았을 뿐, 소년이 하는 대로 잠자코 있었다. 그러면서 안고 온 꽃묶음 속에서 가지가 꺾이고 꽃이 일그러진 송이를 골라 발밑에 버린다.

소녀가 들어선 곳도 비가 새기 시작했다. 더 거기서 비를 그을 수 없었다.

밖을 내다보던 소년이 무엇을 생각했는지 수수밭 쪽으로 달려간다. 세워 놓은 수숫단 속을 비집어 보더니, 옆의 수숫단을 날라다 덧세운다. 다시 속을 비집어 본다. 그러고는 이쪽을 향해 손짓을 한다.

수숫단 속은 비는 안 새었다. 그저 어둡고 좁은 게 안됐다. 앞에 나앉은 소년은 그냥 비를 맞아야만 했다. 그런 소년의 어깨에서 김이 올랐다.

소녀가 속삭이듯이, 이리 들어와 앉으라고 했다. 괜찮다고 했다. 소녀가 다시 들어와 앉으라고 했다. 할 수 없이 뒷걸음질을 쳤다. 그 바람에 소녀가 안고 있는 꽃묶음이 우그러들었다. 그러나 소녀는 상관없다고 생각했다. 비에 젖은 소년의 몸 내음새가 확 코에 끼얹어졌다. 그러나 고개를 돌리지 않았다. 도리어 소년의 몸 기운으로 해서 떨리던 몸이 적이 누그러지는 느낌이었다.

소란하던 수수 잎 소리가 뚝 그쳤다. 밖이 멀게졌다.

수숫단 속을 벗어 나왔다. 멀지 않은 앞쪽에 햇빛이 눈부시게 내리붓고 있었다.

도랑 있는 곳까지 와 보니, 엄청나게 물이 불어 있었다. 빛마저 제법 붉은 흙탕물이었다. 뛰어 건널 수가 없었다.

소년이 등을 돌려 댔다. 소녀가 순순히 업히었다. 걷어 올린 소년의 잠방이까지 물이 올라왔다. 소녀는 '어머나' 소리를 지르며 소년의 목을 그러안았다.

개울가에 다다르기 전에, 가을 하늘이 언제 그랬는가 싶게 구름 한 점 없이 쪽빛으로 개어 있었다.

그다음 날은 소녀의 모양이 뵈지 않았다. 다음 날도, 다음 날도. 매일같이 개울가로 달려와 봐도 뵈지 않았다.

학교에서 쉬는 시간에 운동장을 살피기도 했다. 남몰래 5학년 여자 반을 엿보기도 했다. 그러나 뵈지 않았다.

그날도 소년은 주머니 속 흰 조약돌만 만지작거리며 개울가로 나왔다. 그랬더니 이쪽 개울둑에 소녀가 앉아 있는 게 아닌가.

소년은 가슴부터 두근거렸다.

"그동안 앓았다."

어쩐지 소녀의 얼굴이 해쓱해져 있었다.

"그날 소나기 맞은 것 때메?"

소녀가 가만히 고개를 끄덕이었다.

"인제 다 났나?"

"아직두······."

"그럼 누워 있어야지."

"너무 갑갑해서 나왔다. ······그날 참 재밌었어. ······근데 그날 어디서 이런 물이 들었는지 잘 지지 않는다."

소녀가 분홍 스웨터 앞자락을 내려다본다. 거기에 검붉은 진흙물 같은 게 들어 있었다.

소녀가 가만히 보조개를 떠올리며,

"그래 이게 무슨 물 같니?"

소년은 스웨터 앞자락만 바라보고 있었다.

"내 생각해 냈다. 그날 도랑을 건너면서 내가 업힌 일이 있지? 그때 네 등에서 옮은 물이다."

소년은 얼굴이 확 달아오름을 느꼈다.

갈림길에서 소녀는,

"저 오늘 아침에 우리 집에서 대추를 땄다. 낼 제사 지내려구······."

대추 한 줌을 내준다.

소년은 주춤한다.

"맛봐라. 우리 증조할아버지가 심었다는데, 아주 달다."

소년은 두 손을 오그려 내밀며,

"참 알두 굵다!"

"그리구 저, 우리 이번에 제사 지내고 나서 좀 있다, 집을 내주게 됐다."

소년은 소녀네가 이사해 오기 전에 벌써 어른들의 이야기를 들어서, 윤 초시 손자가 서울서 사업에 실패해 가지고 고향에 돌아오지 않을 수 없게 되었다는 걸 알고 있었다. 그것이 이번에는 고향집마저 남의 손에 넘기게 된 모양이었다.

"왜 그런지 난 이사 가는 게 싫어졌다. 어른들이 하는 일이니 어쩔 수 없지만……."

전에 없이 소녀의 까만 눈에 쓸쓸한 빛이 떠돌았다.

소녀와 헤어져 돌아오는 길에, 소년은 혼자 속으로 소녀가 이사를 간다는 말을 수없이 되뇌어 보았다. 무어 그리 안타까울 것도 서러울 것도 없었다. 그렇건만 소년은 지금 자기가 씹고 있는 대추알의 단맛을 모르고 있었다.

이날 밤, 소년은 몰래 덕쇠 할아버지네 호두밭으로 갔다.

낮에 봐 두었던 나무로 올라갔다. 그리고 봐 두었던 가지를 향해 작대기를 내리쳤다. 호두송이 떨어지는 소리가 별나게 크게 들렸다. 가슴이 선뜩했다. 그러나 다음 순간, 굵은 호두야 많이 떨어져라, 많이 떨어져라, 저도 모를 힘에 이끌려 마구 작대기를 내리치는 것이었다.

돌아오는 길에는 열이틀 달이 지우는 그늘만 골라 짚었다. 그늘의 고

마음을 처음 느꼈다.

불룩한 주머니를 어루만졌다. 호두송이를 맨손으로 깠다가는 옴이 오르기 쉽다는 말 같은 건 아무렇지도 않았다. 그저 근동에서 제일가는 이 덕쇠 할아버지네 호두를 어서 소녀에게 맛보여야 한다는 생각만이 앞섰다.

그러다, '아차' 하는 생각이 들었다. 소녀더러 병이 좀 낫거들랑 이사 가기 전에 한번 개울가로 나와 달라는 말을 못 해 둔 것이었다. 바보 같은 것, 바보 같은 것.

이튿날, 소년이 학교에서 돌아오니 아버지가 나들이옷으로 갈아입고 닭 한 마리를 안고 있었다.

어디 가시느냐고 물었다.

그 말에는 대꾸도 없이, 아버지는 안고 있는 닭의 무게를 겨냥해 보면서,

"이만하면 될까?"

어머니가 망태기를 내주며,

"벌써 며칠째 걀걀 하구 알 날 자리를 보든데요. 크진 않아두 살은 쪘을 거예요."

소년이 이번에는 어머니한테, 아버지가 어디 가시느냐고 물어보았다.

"저, 서당골 윤 초시 댁에 가신다. 제사상에라도 놓으시라구……."

"그럼 큰 놈으루 하나 가져가지. 저 얼룩수탉으루……."

이 말에, 아버지는 허허 웃고 나서,

"인마, 그래도 이게 실속이 있다."

소년은 공연히 열쩍어, 책보를 집어던지고는 외양간으로 가, 소 잔등을 한 번 철썩 갈겼다. 쇠파리라도 잡는 척.

개울물은 날로 여물어 갔다.

소년은 갈림길에서 아래쪽으로 가 보았다. 갈밭머리에서 바라보는 서당골 마을은 쪽빛 하늘 아래 한결 가까워 보였다.

어른들의 말이, 내일 소녀네가 양평읍으로 이사 간다는 것이었다. 거기 가서는 조그마한 가겟방을 보게 되리라는 것이었다.

소년은 저도 모르게 주머니 속 호두알을 만지작거리며, 한 손으로는 수없이 갈꽃을 휘어 꺾고 있었다.

그날 밤, 소년은 자리에 누워서도 같은 생각뿐이었다. 내일 소녀네가 이사하는 걸 가 보나 어쩌나. 가면 소녀를 보게 될까 어떨까.

그러다가 까무룩 잠이 들었는가 하는데,

"허, 참 세상일두……."

마을 갔던 아버지가 언제 돌아왔는지,

"윤 초시 댁두 말이 아니어. 그 많든 전답을 다 팔아 버리구, 대대루 살아오든 집마저 남의 손에 넘기드니, 또 악상까지 당하는 걸 보면……."

남폿불 밑에서 바느질감을 안고 있던 어머니가,

"증손이라곤 계집애 그 애 하나뿐이었지요?"

"그렇지. 사내애 둘 있던 건 어려서 잃어버리구……."

"어쩌믄 그렇게 자식복이 없을까."

"글쎄 말이지. 이번 앤 꽤 여러 날 앓는 걸 약도 변변히 못 써 봤다드 군. 지금 같애서는 윤 초시네두 대가 끊긴 셈이지. ……그런데 참 이번 계집앤 어린것이 여간 잔망스럽지가 않아. 글쎄 죽기 전에 이런 말을 했 다지 않어? 자기가 죽거든 자기 입든 옷을 꼭 그대루 입혀서 묻어 달라 구……."

* 아래대 : 어떤 지역을 기준으로 그 아래쪽에 있는 지대나 지역.
* 마장 : 거리를 나타내는 단위로, 오 리나 십 리가 못 되는 거리를 이르는 말.
* 우대 : 위쪽.
* 텃논 : 집터에 딸리거나 마을 가까이 있는 논.
* 대고 : 계속하여 자꾸.
* 돌이 : 무엇의 둘레로 한 바퀴 돌아가거나 감긴 것을 세는 단위.
* 별로 : '따로 별나게, 특별히'라는 뜻의 북한어.

1915년(1세) 3월 26일, 평안남도 대동군 재경면 빙장리에서 아버지 황찬영
과 어머니 장찬봉의 삼형제 중 맏아들로 태어남.

1919년(5세) 3·1운동 발발. 평양 숭덕학교 교사로 있던 아버지가 3·1운동
때 태극기와 독립선언서를 평양 시내에 배포한 일로 체포되어 1
년 6개월 동안 옥고를 치름.

1921년(7세) 평양으로 이사함.

1923년(9세) 평양 숭덕소학교 입학.

1929년(15세) 숭덕소학교 졸업. 정주 오산중학교 입학. 그곳에서 남강 이승훈
선생을 만남. 9월 건강 문제로 숭실중학교로 전학.

1930년(16세) 시를 쓰기 시작함.

1931년(17세) 《동광》에 시 「나의 꿈」을 발표하며 등단.

1932년(18세) 《동광》 문예 특집호에 「넋 잃은 그의 앞가슴을 향하여」 발표. 주
요한으로부터 모윤숙, 이응수, 김해강 등과 함께 신예 시인으로
소개됨.

1934년(20세) 숭실중학교 졸업. 일본 동경 와세다 제2고등학원 입학. 동경에
서 이해랑, 김동원 등과 함께 극예술 단체 '동경학생예술좌'를
창립.

1935년(21세)	1월 17일, 일본 나고야 금성여자전문 학생인 양정길과 결혼. 그 뒤 장남 동규, 차남 남규, 딸 선혜, 삼남 진규가 태어나 3남 1녀의 아버지가 됨.
1936년(22세)	와세다 제2고등학원 졸업. 와세다 대학 문학부 영문과 입학. 5월에 두 번째 시집인 『골동품』 발간.
1937년(23세)	동경에서 발행하는 《창작》제3집에 첫 소설 「거리의 부사」를 발표.
1939년(25세)	와세다 대학 졸업 후 귀국.
1940년(26세)	첫 단편집 『황순원 단편집』을 발간(나중에 '늪'이라는 제목으로 개판).
1943년(29세)	평양에서 고향 빙장리로 돌아감.
1946년(32세)	해방 후 공산 치하 아래 지주 계급으로 몰리면서 신변의 위협을 느끼자 가족들과 함께 월남, 서울중·고등학교 교사로 취임.
1948년(34세)	단편집 『목넘이 마을의 개』 발간.
1949년(35세)	《신천지》에 단편소설 「몰이꾼(원제: 검부러기)」을, 《민성》에 단편소설 「산골 아이」를 발표.
1950년(36세)	6·25전쟁 발발. 제자의 도움으로 경기도 광주로 피난.
1951년(37세)	1·4후퇴 때 부산으로 피난해 임시 학교의 교사로 일함. 일제의 한글 말살 정책으로 인해 발표할 기회를 얻지 못하고 보관 중이

던 단편을 모아 단편집『기러기』발간.

1952년(38세) 「골목 안 아이」 등의 단편소설을 담은 단편집『곡예사』발간.

1953년(39세) 피난지에서 돌아옴. 단편소설「소나기」발표.

1954년(40세) 장편소설『카인의 후예』를 발간.

1955년(41세) 『카인의 후예』로 아시아 자유문학상 수상.

1956년(42세) 「매」 등의 단편소설을 담은 단편집『학』발간.

1957년(43세) 경희대학교 국문과 조교수로 취임.

1958년(44세) 여섯 번째 단편집『잃어버린 사람들』발간.

1961년(47세) 《사상계》에 「송아지」를 발표. 장편소설「나무들 비탈에 서다」로 예술원상 수상.

1964년(50세) 《현대문학》에 「달과 발과」 발표.『황순원 전집』전 6권을 창우사에서 간행.

1966년(52세) 장편소설「일월」로 3·1문화상 수상. 단편소설「소나기」가 인문계 중학교 3학년 국어 교과서에, 단편소설「학」이 실업계 고등학교 국어 교과서에 수록됨.

1968년(54세) 「나무들 비탈에 서다」, 「카인의 후예」가 영화화 됨.

1970년(56세) 8월 15일 국민훈장 동백장 받음.

1972년(58세)　12월 19일 부친 별세.

1974년(60세)　1월 10일 모친 별세.

1980년(66세)　경희대학교 교수 정년 퇴임과 동시에 명예교수로 취임. 12월
　　　　　　　문학과지성사가 기획한 『황순원 문학전집』(전 12권)이 출간되기
　　　　　　　시작.

1983년(69세)　장편소설 『신들의 주사위』(1982)로 대한민국 문학상 본상 수상.

1987년(73세)　제1회 인촌상 문학 부문 수상.

1990년(76세)　8월 15일 선친이 건국훈장 애족장을 추서받음.

1992년(78세)　《현대문학》에 「산책길에서」 연작과 「죽음에 대하여」 등의 시를
　　　　　　　발표.

1996년(82세)　정부에서 은관문화훈장을 추서했으나 수여 거부.

2000년(86세)　9월 14일 서울 사당동 자택에서 별세. 9월 16일 정부에서 금관
　　　　　　　문화훈장 추서.

지은이 황순원

1915년 평안남도 대동군에서 태어났다. 평양 숭실중학교에 재학 중이던 열여섯 살부터 시를 쓰기 시작해 이듬해 《동광》에 시 「나의 꿈」을 발표하며 등단했다. 1937년 《창작》에 「거리의 부사」를 발표하면서 소설 창작에 전념했다. 1939년 와세다 대학 영문과를 졸업한 뒤, 평양으로 돌아와 작품 활동을 하다가 해방 직후 월남했다. 서울중·고등학교 교사와 경희대 국문학과 교수로 일하며 학생들을 가르쳤다. 대표작으로 「목넘이 마을의 개」「독 짓는 늙은이」「학」「소나기」 등의 단편소설과 『카인의 후예』『나무들 비탈에 서다』『일월』 등의 장편소설이 있다. 아시아 자유문학상, 예술원상, 대한민국문학상, 인촌상 등을 수상했으며 2000년 서울 자택에서 별세했다.

그린이 이경하

홍익대학교 판화과를 졸업했다. 어린이책을 비롯한 많은 책에 그림을 그렸으며 현재 독일에서 작품 활동 중이다. 그린 책으로는 『나쁜 엄마』『고정욱 선생님이 들려주는 한국인의 지혜 우정』『너랑 놀아줄게』『빵모자 아저씨』『엄마와 딸』『위대한 개츠비』『그리스 로마 신화』『딸과 함께 떠나는 건축여행』『숨 쉬는 그릇 옹기』『어수룩 호킹과 좌충우돌 우주 탐사대』 들이 있다.